翡翠色の海へうたう

深沢 潮

角川文庫
24240

目次

一

私はどこにいるのだろう。

なにも見えない。

墨で塗りつぶされたかのような視界は、まぶたを閉じても開けても変わらない。閉じ込められてしまったような心もとなさがある。自分の居場所を見失いそうになる。そのうちに、私という人間が、いる、という実感までもが持てなくなってきた。まるで肉体が消滅し、意識だけが残っているかのようだ。

こんなところに長くいたら、生と死の区別がつかなくなるかもしれない。

水滴が腕に触れ、ひやりとした。だいじょうぶ、体（からだ）はちゃんとある。速くなる鼓動を感じ、水が流れる音をとらえることができる。

「暗闇を経験してみてどうですか？　怖いですか？」

ガイドの松田（まつだ）さんの声だ。

そうだ、そばに人がいたのだった。ひとりじゃない。

「はい、すこし」

「深くゆっくり呼吸をしてください」

言われた通りにすると、恐れはわずかに和らいだ。戦時中はものすごい臭気だったと松田さんが言っていたが、臭いはこれといってなく、自分が使ったデオドラントがうっすらと香っただけだった。

「では、懐中電灯をつけましょうか」

灯で照らすと、湿った石灰岩が露わになる。無数のつらら石から水が滴っている。さらに周囲に光をあてると、そこは奥行きがあり、広々としていた。ちょっとした咳払いがやけに響き、泣き声で敵に見つかったら困ると、母親が子どもを殺めた話を思い出す。

「この下の辺りは病棟でした。当時は、暗かったことで、死体や重病人を見ずに済みました。明るい方が怖かったのです。だから、灯はできるだけつけずにいた。かまどの火も使い終わったらすぐに消していました」

何万年も前に生まれた、自然洞窟である。鍾乳洞アブチラガマは、ときの流れのほんの一瞬に、ひとの起こした醜い戦いの跡を刻んだ。ここは軍の洞窟陣地壕のあと野戦病院となった。それから七十年以上が過ぎている。

ずれていたヘルメットを固定しなおし、懐中電灯を片手に携え、長靴を履いた足でぬかるむ地面をたしかめながら松田さんの後に続く。ふだんから運動不足の私は、六十代とは思えぬほど健脚の松田さんについていくだけで精一杯だ。そもそも、ガマの中がこれほど歩きにくいとは知らず、サンダルにワンピースという軽装で来てしまい、松田さんに苦笑いされた。借りたヘルメットと長靴を身に着けなければ、このガマに入るのは難しかっただろう。

ところどころで立ち止まって、松田さんは説明してくれる。

戦火が迫ると、このガマは病院としての機能が解かれ、軍医も、看護していた女学生たちも、自力で動ける傷病兵もいなくなった。そして重病人は始末されたり、病棟に置き去りにされたりしたという。

霊の存在を信じるようなたちではない。どちらかというと、そういうものは胡散臭いと思う方だ。けれども、ここにはあまたの無念の魂がいまだに宿り、湿った空気をより重くさせているのかもしれないと思えてくる。というより、そう思わなければいけないような気がして、ほんとうになにか漠然とした圧のようなものを感じるから不思議だ。心なしか息苦しく、深く息を吸う。しかし、傾斜もあり、幅も狭いごつごつとした岩の通路を上り下りするのはたやすくなく、息がおのずとあがってくる。

「もう一度ここで懐中電灯を消してみてください」

ふたたび真っ暗闇になるかと思いきや、数メートル先に、一条の淡い光が射しているのが見えた。

あ、と思わず声が出る。

目が慣れてくると光の筋はくっきりと見えてきた。それは、天井からまっすぐ伸び、地面に向かって円錐形に広がっている。どこかの美術館の宗教画で見た、キリストや天使に射す光みたいだ。

こわばった体がひととき緩む。

「あそこには空気孔があって、光はそこから来ています。夜はあの空気孔から灯が漏れて、敵に見つかったらという恐怖はすさまじかったでしょうね。実際、あそこから爆弾が投げ込まれたんです。馬乗り攻撃っていいましてね。アメリカは、ガマの入り口、自然の穴、掘削機で開けた穴から手りゅう弾やガス弾を投げ入れたり、火炎放射器を噴射したり、ガソリンで火を放ったりしたんです。ガマの中に残っている日本兵の全滅や投降を狙ってね」

松田さんの言葉を聞いて、目を凝らすと、天井に煤の跡が見える。

火炎放射されたのだろうか。ガソリンで火を放たれたのだろうか。

神々しい光が射す、そのもとに、黒々とした殺意の印が刻まれている。

どんなにか熱くて、苦しかっただろうか。ガマの中は地獄絵図だっただろう。その様子を想像してみるが、頭に映像は浮かんでこない。

私はあらたな不安にさいなまれる。

光にほっとして暗闇に不安を感じる私が、光に恐怖し暗闇に安らぐひとたちの気持ちを描くことができるだろうか。

艦砲射撃の音と地響きに怯え、敵の襲撃に耐え、ガマで命をつないだひとたちの生きざまを想像できるだろうか。

いや、大丈夫。いまはまだ取材を始めたばかりだ。詳しく知れば、きっとなんとかなる。難しければこそやりがいもあるし、もし書き上げられれば、これぞというものになるはずだ。それに、私にはもう後がない。やるしかない。

ガマは、手術室、井戸、水がめ、便所、かまど、また病棟と細長く続き、軍の野戦病院でなくなったあと入ってきた住民の避難場所、そして出口へと至る。ガマの中には遺物もあった。メガネやナイフ、靴、万年筆などの日用品、薬品の瓶、不発弾などが生々しく目に焼きつく。

急こう配の階段を上がり涼しかったガマから出ると、途端に温度が変わって暑くなるが、空は高く、視界は広くなり、心地よい。湿気から解き放たれて、空気が美味しい。それまでは換気扇を回さずにシャワーをつかった浴室にいたかのようだった。

外はまだ夏の盛りだ。太陽はまぶしく、ガジュマルの緑を鮮やかに際立たせている。階段を上りきる前に、慰霊碑があった。千羽鶴が吊るされ、供え物が置かれている。

「当時は、捕虜になると殺される、凌辱されると教えられ、それを信じて住民も投降しなかったのです。ずいぶん多くの人がガマの中で、軍命による集団死や、馬乗り攻撃による爆発とガス中毒の犠牲になりました」

私は松田さんとともに、碑の前で手を合わせた。

その後移動してもうひとつの野戦病院だったガラビ・ヌヌマチガマにも入った。

この島には、大小、数えきれないほどの自然のガマや人工的な壕、自然のガマに手を入れた壕があり、それらは、たいがい戦争の爪痕でもある。

野戦病院、壕からの追い出し、集団死、馬乗り攻撃。

松田さんの口から出てくる単語のひとつひとつが、紡ぐエピソードが重い。ガマや壕は悲惨なことが起きた場所である一方、命が救われた場所でもあることがせめてもの救いだ。

それから那覇へ戻る。

松田さんは、穏やかな笑みをたたえて運転しながら、ガマで学徒隊として傷病兵の看護をしていた語り部の女性について話し始めた。彼女は「どうして自分だけ生き残ってしまったのか」という罪悪感でかたく口を閉ざしていたが、語り継ぐ使命を感じて語り部になったという。そして、松田さんはその女性から勧められて、戦跡のガイドになり、遺骨収集にも携わっているそうだ。ガマや壕からは、いまでも遺骨が見つかるという。静かな語り口ではあるが、松田さんからは、伝えたい、という強い情熱が伝わってきた。そして、話し終えると、島唄を流してくれた。

現場に足を踏み入れ、そこで起きたことを聞くのは、資料や文献を頼りに想像するのとは大違いだった。

受け取る情報量の多さに、そしてその中身ひとつひとつの重厚さに、すでに頭がぱんぱんだ。これらは、あとですべてきちんとまとめておこう。

やはり、思い切って来てみて良かった。

密度の濃い時間を過ごしているからか、この島に来て半日足らずなのに、まるで数日過ぎたかのようだ。いよいよ取材だと意気込んで成田から格安航空に乗ったのが今朝のこととは思えない。

私は窓の外を見やり、大人の背丈ほどあるさとうきびの畑が一面に続く景色を眺めながら、飛行機に乗ったときのことを思い返した。

機内は八月最後の週末とあって、親子連れやカップル、女性のグループなど、観光客でほぼ占められ、楽しそうな会話が行き交う、明るい雰囲気だった。私は彼らのものとは別の興奮を胸に、タブレットで作りかけのプロットを読み返し、取材の行程を確認した。

長編新人賞の最終選考に二年連続で残ったが、今度も受賞しなかった。だから次回に賭けている。三度目の正直だ。三年前は二次選考通過だったから、着実に近づいている。

どうしても小説家になりたい。絶対に受賞してデビューしなければ。

三十路の私の冴えない人生も、小説家になれば特別なものに変わるはずだ。みんなに認めてもらえれば、もう、気の進まない婚活について考えなくてすむかもしれない。

「あんたには、がっかりさせられる」

小学校の運動会で鼓笛隊に選ばれなかったとき、中学の演劇部の公演で端役だったとき、高校のダンスチームで補欠だったとき、志望大学に軒並み不合格だったとき、あまり名の知れていない企業に就職を決めたとき、ため息とともにつぶやいた母の顔が蘇る。父に至っては、そもそも私に関心がなさそうだった。両親とも、順調に受験戦争を勝ち抜き、父と同様に一部上場企業の社員となって社内結婚した兄のことばかり気にかけていた。いまは、ふたりとも二歳になる孫娘に夢中である。私へ向けられる言葉は、母がときどき嫌味っぽく、「いい加減、結婚したら」と発するものくらいだ。家族の中で私は、いてもいなくても変わらない存在だ。兄が結婚してから、両親と兄一家は、毎年正月と夏休みは家族旅行に行く。私が誘われることはない。

家族の中だけではない。私は、いつも、いまひとつ、なのだ。軽んじられてしまう。

「もっとできると思って採用したのにな。がっかりだよ。ほかの奴を採ればよかった」

前の会社の部長が聞こえよがしに言い、部内がしんとしてしまったことを思い出す。

「別に嫌いってわけじゃないけど、なんか、付き合ってても、つまんないんだよね」

ＬＩＮＥのメッセージで、恋人から別れを告げられた。交際中も、こちらから連絡することが多く、彼の都合でしかデートをしてくれず、大事に思われていないと感じていた。

次々に脳裏に浮かぶ映像を、頭をぶるんと振って打ち消す。

私は、文章を書くことが得意じゃないか。そう、私には、小説がある。

幼い頃から小説や漫画、とにかく物語が大好きだった。そして、作文だけは、昔からよく褒められた。小学校では読書感想文が東京都で入選した。中学では、私の書いた物語をもとに、クラスでちょっとした出し物をしたこともある。それがきっかけで、小説もどきを書き始めた。すると、物語を考えるのが、楽しくてたまらなくなった。

大学の文学サークルに入って、本格的に小説を書き始めた。サークルでも、私の作品は評価が高かった。文学賞に応募を始めたところ、五回目で一次選考を通過するようになった。その後も働きながらこつこつと書き続け、転職やなんやらで途切れつつも十年近く応募を続けてきた。

前回の作品は、自分に近い境遇の女性の生きづらさや結婚への葛藤、親との確執などを描いたが、「うまいけれどエピソードがありきたり」「テーマは普遍的だが、あと一歩、弱い」「切り口が平凡」と講評された。だから次は、選考委員をあっと言わせるようなものを書きたい。あともう一歩なのだから、きっと、題材しだいだ。

しかし、抜きんでた題材を探さなければと焦るものの、簡単には見つからない。悶々としていたある日、スマートフォンをなにげなくいじっていると、K－POPアイドルのインスタグラム投稿が目に留まった。二年間付き合った恋人と別れたあと、私を癒してくれたボーイズグループの推しメンバーだ。

いつも以上に反応が大きく、ハングルや英語、日本語などのコメントが五千を超えてついていた。画像は、どうということはないトレーナーを着ているだけなのになぜなのかと、日本語のコメントをいくつか読んでみる。

「嫌いになったかも」

「このブランド着るの、やめてほしい」

「日本に喧嘩売ってる？」というコメントが目をひく。

「私もこのトレーナー買おうかな」といった好意的なものもある。

私は、すぐさま高校の同級生、薫にメッセージを送った。彼女がコンサートに誘ってくれたことで、ボーイズグループにはまった。推しメンバーも同じで、薫とはしょっちゅうLINEで会話を交わしている。薫は、いろんなことをよく知っている。感じのいいカフェ、おしゃれな洋服、はやっている化粧品など、彼女が薦めてくれるものは、とても素敵だ。地味な私とは違って華やかなのに、なぜか私と親しくしてくれている、大切な友人だ。

〔チャンソクのインスタ見たんだけど〕

〔あのトレーナーのブランドになにか問題あるの？〕

すぐに返信が来た。

〈バズってるよね〉

〈これ読んでみて〉

URLが張り付けてあり、私はそれを開いた。

チャンソクが着ていたトレーナーを販売するブランドのサイトだった。ここの商品はすべて、日本軍慰安婦被害者のおばあさんたちがデザインしているという。そして売り上げの一部は、元慰安婦の女性たちや虐待被害に苦しむ子どもたちの支援に使われるそうだ。

慰安婦については、あまり詳しくないが、韓国との外交問題になって、もめているということぐらいはニュースを通じて知っていた。けれども、大好きなチャンソクが、こういうブランドを着るのは、私もちょっとひっかかった。

〔読んだ〕

〔なんか、がっかりするというか〕

〈なんでがっかりするの？〉

〔こういうの、着るんだって思って〕

〔政治的っていうか、そういうの、苦手だから〕

〈政治的っていうよりか、人権意識が高いんだよ〉

〔人権意識か。立派なんだね〕

いまひとつ、私には距離を感じる言葉だった。

〈かっこいいと思うけどな〉

〈チャンソクは前からわりとこんな感じ〉

〈性暴力を許さない、とか、被害者への敬意を持とう、って、言ってたし〉

〔そうなんだ〕

〈寄付とかもしてるよ〉

〈フェミにも理解あるんだよね〉

〔フェミ？〕

〈フェミニズムだよ〉

〔うん〕

これも私には、馴染(なじ)めない言葉に思える。

〈これ、韓国ではフェミの問題でもあるんだって〉

〈私、チャンソクを通じて、そういうこと知るようになった〉

〈というか考えるようになった〉

〔そうなんだ〕

〈慰安婦って、性暴力、というか、性搾取だと思うんだよね〉

〈だから、案外、身近な問題じゃないかって思って〉

〈前に話したかもしれないけど〉

〈私、大学のとき、合コンで酔わされて、やられそうになって危なかったことがあって。ああいうこととも、つながっているんじゃないかって気づいて〉

〔うん〕

返信したものの、私には、ピンとこなかった。慰安婦の問題と、いまを生きる自分たちのことは遠いように思える。それに、唐突に合コンで危なかった話をされて戸惑ってもいた。私はそもそも合コンの経験も乏しい。誘われて一度だけ参加したけれど、存在をほぼ無視されるような思いをしたので、以降は行っていない。

〈だから、私も、ここのサイトで、スマホのケースを買ったんだ〉
〈デザインもかわいいし、おすすめだよ〉
〔そうなんだ〕
〔教えてくれてありがとう〕

　続けて適当なスタンプを選んで送る。薫からもスタンプが返ってくる。

　そこでＬＩＮＥのやりとりは途切れた。薫の熱のこもった調子に気圧されていたので、ＬＩＮＥの会話を終えられて、すこしほっとしていた。それでも、センスのいい薫がスマートフォンのケースを買ったことは気になった。

　私は、ふたたびブランドのサイトを開いた。スマートフォンのケースを見てみると、花柄で綺麗な色のものが並んでいる。紫の地に白い花が描かれたケースが気に入ったが、購入は躊躇した。売り上げの一部を元慰安婦の女性たちや虐待被害に苦しむ子どもたちに支援しているからとはいえ、ほかの商品も含めてかなり割高なのが気になる。私はふたたびブランドのサイトをよく読み、そのあとブランド名の検索もしてみた。するとそのブランドは慰安婦だったおばあさんたちの支援だけでなく、性差別、性暴力に向き合おうというコンセプトを持っていることがわかった。

　性差別に性暴力か……。

　そういえばこのところＳＮＳでは me too の投稿をよく目にするし、ニュースや記事では、性差別や性暴力に関連するものも増えているように思う。

今度は、慰安婦、という単語を検索する。多く出てくるのは、韓国、戦争、軍隊、賠償といった単語だ。売春婦、捏造、少女像などといった言葉も見られ、とにかく情報量が膨大である。

気づくとその日はインターネットの記事を読み漁り、一睡もせずに朝を迎えていた。調べるうちに、沖縄に慰安所があったこと、目撃証言も少なくないことがわかってきた。

太平洋戦争中に地上戦の舞台となった沖縄。

そしてそこにいた、気の毒な女性たち。

まるで、クイズに正解したかのように、頭の中で力強く鐘が鳴った。

見つけた。これだ。

この題材こそ、私の人生を変える最後の1ピースだ。女性たちだってどんな被害にあったか伝えたいに違いない。戦争の愚かさ、沖縄戦の悲惨さも伝えられる。

書こう。書くしかない。書くべき物語だ。

ただちに沖縄戦と慰安婦の関連書籍をAmazonで取り寄せる。慰安婦を描いた小説はそれほど多くなかった。題材にしにくいものなのだろう。インターネットの反応を見ても、書くのに覚悟が必要なことはよくわかった。だからこそ、かえって挑みがいがある。

勢いのまま、さっそく沖縄へ、飛んだ。

タブレットを手荷物のトートバッグにしまい、シートに体を預けた。まぶたに親指と人差し指をあてて強く押さえ、そのまま目を閉じる。寝不足が続いたからか、すぐに眠りに落ちていった。

飛行機が着陸態勢に入り、傾けていたシートを元に戻すよう客室乗務員に言われて目覚めた。

窓の外に目をやると、眼下に美しい景色が広がっている。想像していた通りの沖縄の海だ。エメラルドグリーンの浅瀬に、白くまぶしい砂浜。その美しさにしばらく目を奪われた。取材でなければビーチで泳ぎたいくらいだ。いや、すこしくらい余裕があるかもしれない。水着とビーチサンダルは、現地調達すればいい。そのためにも、取材を頑張ろう。初めての一人旅でもある、沖縄取材を、意義のあるものにしなければ。

那覇空港に到着し、ゲートを出ると、松田さんが笑顔で迎えてくれた。外の気温はかなり高く、私はカーディガンを脱ぐ。遠慮なく降り注ぐ陽光に目を細め、サングラスを取り出してかける。駐車場までスーツケースをひいて歩き、松田さんの白いバンに乗った。

だが、空港の敷地から出た途端、窓の外の景色から目が離せなくなる。

フェンス、フェンス、フェンス。

基地があることはもちろん知っていたが、こんなにも生活圏に近いところにあるとは思いもよらなかった。修学旅行で来たときは、気づきもしなかった。なにせ、一番思い出に残っているのは、美ら海水族館のイルカショーだ。

「基地に驚きましたか？　私たちウチナーンチュにとって、戦争はまだ終わっていないんですよ」

松田さんの言葉が耳に残る。

「はい、着きましたよ」

今朝からの出来事を思い出しているうちにまた居眠りしていたようで、松田さんの声で起きた。

車を降りると、夕方ながら日はまだ高い。ここは東京よりもずっと西にあるのだな、と実感する。とはいえ日差しはやわらぎ、風が吹き、昼間よりは涼しくて過ごしやすい。

高い石垣を仰ぎながら首里城へ続く道をしばらく歩き、道をそれて階段を下りると、ひっそりと壕の入り口がある。首里城へ足を運ぶ観光客は多いのに、ここは訪れる人の気配がほとんどない。

首里城下一帯に、かつて沖縄戦を指揮した第三十二軍司令部壕があった。軍自らが壕を爆破したため、数ヶ所あった入り口はひとつをのぞいてすべて失われている。残った入り口は、現在、金網でふさがれていて入れない。入り口を固めるコンクリートは割れ目から雑草が伸びるままで、周囲の木々から伸びた枝が何本もからみついていた。地面には枯草が積もっている。あたりは生い茂る葉に包まれて暗く、不気味な静けさが覆っている。

すこし離れたところに、第三十二軍司令部壕について記した説明板がある。壕内平面図も書かれている。

千数百メートルにおよぶ壕内の第一坑道から第三坑道は、司令室、食糧庫、情報伝達や医療にかかわる部屋、参謀室、作戦室、第二十四師団の司令部などに分かれている。そしてそれらの部屋から遠く隔たった第五坑道に海軍基地隊司令官室がぽつんとあり、そのまた先、奥の一番地下深い場所に孤立して、「女性たちの部屋」と書かれた場所があった。

女性たちの部屋。

私は、その言葉を反芻(はんすう)する。
なんてかわいそうな境遇だったのだろうか。
こんな穴の中に、閉じ込められていたなんて。

二

わたしは、ただただ、穴、に、される。

部屋に入るなり、はきふるしたふんどし一枚になった男は、投げつけるように切符(きっぷ)を寄(よ)こすと、ふんどしをほどいた。サック(避妊具)をもどかしそうにつけるやいなや、腕を押さえて覆いかぶさってくる。わたしは脚を開き、男の身の重さに耐えながら、ひたすらやり過ごす。

まもなく果てた男は、わたしからからだを離し、サックをそのへんに捨て置き、身支度を始める。

「おいっ、手伝え」

わたしは男の足にゲートルを巻くが、腕がしびれていて手際が悪くなる。すると男はいらついて、ちっ、ちっ、と舌打ちをしたかと思うと、平手でわたしの頬を殴った。

唇の端ににじむ血を舐めながら、ゲートルを巻き終える。すると男は、わたしの顔を蹴ってから部屋を出ていった。

「こめんなさいっ」

すぐさま金だらいの消毒液に浸したガーゼを軽くしぼり、股のあいだをぬぐう。

ドンドンドン。

待ちきれずに次の男が壁を叩く音がうるさい。

薄桃色の消毒液は冷たく、ただれた粘膜にしみる。ひりつく痛みに息を吞む。

「おいっ、早くしろ」

急かす声に振り向くと、男がすでに部屋にいて、腰ひもを緩めていた。

押し倒すように抱きついてきて、そのまま入れようとする。

「サック。サック。突撃一番」

もがいて抗い、わめいたが、男はわたしの脚をつかんで開き、突っ込んでくる。わたしは男の腹を蹴り上げる。男は激昂し、軍刀を抜いた。

「きまり、病気だめ。きまり」

知りうる限りのことばを発したが、男は充血した目でわたしを睨み、刃先をこめかみに当ててくる。

声も出せずに震えていると、男はサックをつけずに強引に入れてきた。そして軍刀を床に突き立て、荒い息を繰り返す。口臭がきつく、できるだけ顔をそむけた。

やがて尽きた男は軍刀を抜いた。わたしは床にあいた穴を茫然と見つめ、それから男に視線をやった。

「なんだ、その目はっ」

男は威嚇するように怒鳴るとわたしの髪を引っ張り、頭を床に叩きつけた。目がまわり、意識が朦朧とする。

しばらくして気がつくと、別の男がわたしにのしかかって、忙しく動いていた。からだじゅうに穴があいていく。心に。目に。頭に。

穴には底がない。受け止めることなどせずに、放り込まれたものを垂れ流し、いくつもいくつもこなしていくだけだ。

それにしても男はなかなか達しない。真っ赤な顔で同じ動作を繰り返している。男の首元をぼんやりと眺めながら、フミコのことを思い出す。

フミコは腹が出てきても相手をさせられ、七か月の水子をみずからの手で産み出し、裏の草むらに埋めた。それからうわごとを言って裸で歩き回り、ここを管理する、おかあさん、に殴られた。それでも、翌日また裸で歩き回り、おかあさんに殴られていた。

歩き回る、殴られる、をさらに繰り返したところでとうとう熱を出して倒れ、どこかに連れて行かれ、二度と戻ってこなかった。

あれは、半月前ぐらいの出来事だっただろうか。もっと経っているかもしれない。日にちの感覚があやふやになってきた。兵隊の多い日が土曜や日曜だということぐらいしか、はっきりとわからない。時間の感覚だってなくなっている。将校が来てやっと夕方になったと気づく始末だ。

突然、軍部隊の前線に出されるのは、数日だったり一週間だったりするが、それとて数えることはしなくなっていた。

日にちを数えるのは、未来に期待できるひとだけだ。わたしが日にちを数えたって、なんの意味もない。明日も明後日も、ただ穴にされるだけなのに。

前線では、間仕切りしたテントの中で、ひっきりなしに股を開いた。いつでも逃げられるように靴を履いたまま、掘った狭い壕に毛布やむしろを敷いて仰向けになった。穴の中で穴にされる、それが続く。冬は寒いどころではない。鳥肌がたち、むきだしの皮膚がぴりぴり痛み、しまいには感覚が麻痺するほど手足がかじかむ。銃弾が飛び交う真横でさせられたこともある。

部隊の駐屯するここでも、作戦前には土曜や日曜にかかわらず、朝から晩まで兵隊が押し寄せる。たとえ月のもので出血していても、脱脂綿を詰めてやらされる。もうすぐ死ぬかもしれないときでも、男は穴に入れなければ気が済まないのだろうか。

今日はすでに二十人を超えているが、はて、さっき軍刀を振り回した男は、切符を置いていったただろうか。あれがなければ、あとで軍票をもらえないのに。男の顔など覚えていないので、諦めるしかない。強烈な体臭や口臭だけが否応なく蘇るだけだ。

切符を集めた箱に視線をやると、わたしの上ではあはあと騒がしくしていた男が、うっ、と動きを止めた。この男は体臭も口臭もひときわひどい。

静かになると、板切れ一枚の壁を隔てた隣の部屋から、ウメコのすすりなく声が聞こえてくる。ウメコは昨日来たばかりで、まだ数えで十五歳。わたしより五歳も下だ。

男が去ったあと、サックをひとところに集める。これをあとでまとめて洗うのだが、べたべたして生臭く、うんざりする。

ガーゼで、股のあいだを丁寧に拭く。痛みは増している。腫れてきているのかもしれない。

痛みがどんなに強かろうが、やめることは許されない。

また男が部屋に来る。切符を受け取る。薄い板張りに敷いた布団の上で、カエルのように脚を曲げ、両側に広げる。男はサックをつけて入れる。ことが済んで出ていく。消毒する。

また男が部屋に来る。切符を受け取る。脚を広げる。男はサックをつけて入れる。ことが済んで出ていく。

バケツに小水をするが、染みて痛くて、うまく出ない。それでも我慢してほんのすこし出す。切り刻まれるような痛みで、思わず声が出そうになる。

消毒する。

また男が部屋に来る。切符を受け取る。脚を広げる。男はサックをつけて入れる。ことが済んで出ていく。

消毒する。

また男が部屋に来る。切符を受け取る。脚を広げる。男はサックをつけて入れる。ことが済んで出ていく。

消毒する。

また男が部屋に来る。切符を受け取る。脚を広げる。男はサックをつけて入れる。ことが済んで出ていく。

バケツに小水をしようとするが、まったく出てこない。

消毒する。

ひっ、と声が漏れる。

また男が部屋に来る。切符を受け取る。脚を広げる。男はサックをつけようとしない。つけてくれ、と頼んだら、胸を蹴られた。倒れたすきに、手足の自由を奪(うば)われる。男はことを済ませて出ていく。

消毒する。

肋骨が折れたのか、胸が痛くてたまらない。

そしてまた男が部屋に来る。切符を受け取る。脚を広げる。男はサックをつけて入れる。ことが済んで出ていく。

消毒する。

また男が部屋に来る。切符を受け取る。脚を広げる。男はサックをつけて入れる。乳首に嚙みつかれ悲鳴をあげた。口をふさがれ、今度は喉元を引っ搔かれた。男はことが済んで出ていく。

消毒する。

また男が部屋に来る。切符を受け取る。ゲートルを解かされる。脚を広げる。男はサックをつけて入れる。ことが済むとゲートルを巻かされる。男は出ていく。

消毒する。

足をまっすぐに伸ばすのが辛くなってくる。ずっとカエルのような姿勢だったから、膝が、腰が、きしむ。胸もじんじんと痛む。股のあいだも、ずきずきと痛む。からだじゅうが痛みの塊になったみたいだ。男たちが強くつかんだせいで、足首が赤くなっている。男の体臭が染みうつったようで、自分のからだがおぞましい。

また男が部屋に来る。切符を受け取る。脚を広げる。男がサックをつけて入れると、焼けるような痛みがからだの奥に走る。うぐっと声が出る。どこかが裂けたのかもしれない。唇を強く嚙み、心のうちでうたって、痛みをのがす。男はことが済んで出ていく。

消毒する。

ガーゼに血が付いた。気を失いそうなほど痛い。

また男が部屋に来る。カエルのように脚を曲げ、両側に広げる。男はサックをつけて入れる。心のうちで愛しい歌をうたって、男が果てるのを待つ。

切符がいくつになったか、もう数えるのはやめた。日が暮れれば兵隊は来なくなる。きっともうすぐだ、と目を閉じると、うわっ、と隣の部屋から男の大声がした。続いて、誰かっ、と切羽詰まった叫び声が聞こえてくる。

わたしの上にのっていた男は萎え、くそっ、と悪態をつくと、からだを離した。

慌てて着物をはおり、前を合わせると、股から血が垂れてきた。不自然な歩き方で股の痛みをのがしつつ、大急ぎで隣の部屋に入る。

ウメコが白目を剝き、喉を押さえて布団の上に倒れていた。男の姿はすでにない。

ウメコの手元には、消毒に使うクレゾール原液の空の瓶があった。

軍医に、朝から診察を受ける。性病に侵されていないか、大きなはさみみたいな金属の器具をつかって点検される。

　おそらく奥が腫れて裂け、出血までしているのに、軍医は問題なしとした。性病にさえなっていなければ、気に留めないのだ。胸が痛いと訴えてみたが、ろくに診てくれなかった。

　ウメコは、何をするかを知らされずに連れてこられ、この軍医に最初に犯された。さぞ怖かったことだろう。そしてまさか穴にされ続ける運命がその後も待っていようとはつゆほども思わなかったはずだ。わたしもそうだった。最初に襲ってきた将校のことは忘れたくても忘れられない。

　監視が厳しくて、逃げようにも逃げられない。たとえ逃げたところで、右も左もわからない大陸で生き延びることなどできるはずもない。絶望してクレゾールを飲み、死のうとしたウメコの気持ちはよくわかる。

　黒縁眼鏡をかけ、めったに硬い表情を崩すことのないこの軍医にウメコの代わりに復讐したいが、手立てがない。それでも、梅毒防止の六〇六号を注射されながら、軍医が泡を吹いて倒れるさまを思い描いてひとり楽しむ。この黄色く光る注射液をどれくらい打ったら軍医を葬ることができるだろうか。

　しかし、そのうちにげっぷがあがってきて、想像の楽しみは途絶える。自分の口や鼻から放たれる六〇六号の腐臭で気持ちが悪くなる。

わたしのからだは、汚れきって腐っている。もう、故郷には帰れない。

薄い布団しかない一間四方程度の広さの板張りの部屋に戻って、からだを横たえた。すきま風に寒気をおぼえ身震いする。ごわつく着物を重ねて着こみ、からだを丸めた。今日は、将校が来る夕方まで休めるはずだ。だが、からだのあちこちがうずき、なかなか寝付けない。ようやくまどろみかけていると、おかあさんにたたき起こされた。

「早くっ。荷物をまとめるんだよ」

慌てて身支度をすると、ほかの女たちとともに追い立てられるようにそこから出され、並ばされた。ほとんど外出することはなかったが、あらためて見ると、粗末な民家を改装した、たいして大きくもないその建物に十人近くの女が詰め込まれていたとは信じがたい。

わたしは、フミコやウメコの顔を思い浮かべてしばらく建物を眺めていた。

「ぐずぐずするなっ」

兵隊にどやされ、トラックの荷台に乗せられた。

どこに行くのか、尋ねたところで答えてはくれまい。ここに来たときもそうだった。

黙って従い、数時間ふきさらしの荷台で揺られ続けた。果てしなく続く荒涼とした景色は、わたしの心とからだを冷やしていく。女たちはみな諦めきった表情を浮かべ、互いに話すこともない。ひたすらに、トラックのエンジン音とタイヤが砂利を踏む音を聞きながら、膝を抱えて窮屈な姿勢のまま、まどろんでは目を覚ますのを繰り返した。

汽車に乗り、数日を経て大きな港に着いた。大型船や小型船が泊まっている。誰も教えてくれないし、看板があっても字が読めないので、どこにいるのか、まったく見当がつかない。だが、このあいだまでいたところよりは暖かい。

濃紺の海を見て、故郷の海を思い出し、胸が張り裂けそうになる。きっとこの海は故郷の海とつながっている、そう思うと、せめてここで死にたいと、海に身を投げたくなったが、見張られていてできないし、そんな勇気もない。

わたしたちは、大型船の貨物室に入れられた。おかあさんとはここで別れた。貨物室には、女たちがたくさんいた。みな、わたしたちと同じ半島出身だった。だが、互いに話してはいけないと厳しく言われていた。

それからは昼も夜も定かでなく、何日過ぎたか、正確には覚えていない。からだの痛みはましになっていたが、ずっと空腹だった。たまに握り飯程度の食事を与えられても、とうてい足りなかった。

途中、港に立ち寄るものの、わたしたちは貨物室から出られず、そこがどこなのかやはりわからなかった。やがて内地に着いたと言われ、さらに大きな船に乗り換えた。兵隊も乗り込んだが、彼らは甲板にいて、わたしたちはまた貨物室に入れられた。女は増え、なかには内地や大陸出身者も交じっている。アヘンが切れて震えている女もいた。

「この船は南方の島に行くらしい」

あらたに乗ってきた女たちがそっと教えてくれた。内地の言葉がかなりわかるハルコという女に、どこの島かと訊いたが、そこまでは知らないと言われた。

乗り換えた船はなかなか出発しなかった。

「向かう予定の島が空襲されたので、出発を見合わせたらしい」

ハルコが誰かから聞いてきてささやいた。ハルコとは同じ歳だからか、どこか通じ合うところがあり、監視の目をかいくぐってよく話をした。わたしのかかとが乾いて切れているのを見て、持っていたひまし油をすりこんでくれた。

朝晩、甲板にあがって兵隊と並んで点呼をとられた。狭いところに雑魚寝だったが、こうして船にいる方が、穴にされるよりはよっぽどましだと思った。

遭難したらいざというときに海上で食べろと、乾パンと飴玉、星形の小さな氷砂糖が配られたが、わたしとハルコはすぐに食べてしまった。いざというときなんて考えても仕方ない。いま、この瞬間、すこしでもいいこと、楽になることをしておきたい。氷砂糖はとても甘くて舌で溶ける感じがたまらなかった。ハルコは目を閉じてしみじみと味わっていた。

わたしは、ずっとこのまま出発しないでほしいとすら願った。だが、残念ながら一週間ほどで、船は出航した。何日経ったかということを考えても、停まっている間は辛くなかった。十月の末だとハルコが言っていたが、この先はまた月日を数えるのが無意味になる。

船はたいそう揺れた。胃がしめあげられるようで、わたしは薄暗い貨物室の中でなんどもえずいた。船酔いした女たちはそこかしこに吐き、バケツから糞尿がこぼれてあたりは汚れ、耐えがたい臭いが満ちた。そのために、また吐き気があがってくるが、吐くものはなかった。全身が汗ばんで、島に着いたときには、立ち上がるのがやっとだった。

足取りもおぼつかなく桟橋に下りると、海の色は見たこともないほどやわらかい緑色だった。

こんなに綺麗な海があっても、わたしは故郷でしたように貝を拾うことも、岸を歩くこともできないのだ。

そう思うと、海の美しさは悲しさを呼び起こすものでしかなかった。だからわたしはなるべく海を見ないようにした。

大陸の乾いた風とは異なるねっとりとした風が生ぬるく、肌にまとわりついてくる。生命の気配を色濃く感じさせる重みのある匂いは故郷でなじんだ潮の香りだ。だが、人はほとんどいなかった。

空襲の傷跡がなまなましく、家々の塀や壁には弾の跡があちこちにある。住民はみな避難してしまっているようだった。わたしたちは、空いている病院を仮の宿として泊まった。アヘンの女はいつの間にかいなくなっていた。

周囲には、浅い壕がそこかしこにある。この島は、穴、だらけだった。

数日後、女たちは十人程度ずつに分けられ、港からそれぞれ小ぶりな漁船に軍の荷物とともに乗せられた。どこに行くのかはわからない。わたしは、振り分けられた七人と、スズキという男と一緒だった。大陸にいた頃に一緒だった女たちとは別々になった。幸い、ハルコとは一緒だった。

小さな船だったので、みな甲板にいた。荒い波に船はよく揺れ、わたしたちはたびたび顔に波をかぶった。ハルコは泳げないから怖いと言って、わたしの手を握っていた。

「着いたらまた兵隊と、させられるんだよね」

ハルコが故郷の言葉でささやく。

「それしか、用がないからね」

吐き気に耐えつつ投げやりに答えると、ハルコが絞り出すような声で、もういやだ、と言った。わたしはうなずいて、ハルコの手を強く握った。すると、ハルコが、空いている方の手で懐からひまし油の瓶を取り出した。

「これ、あげる。痛いところに塗るといい。それからね、名前、ハルコじゃないよ。スンヒ。覚えておいて」

スンヒはそう言うとわたしの手を振りほどいて、瓶を持たせた。それから勢いよく立ち上がり、海に飛び込んだ。

スズキがなにやらわめき、船内は大騒ぎになって、エンジンが止まった。だが、スンヒは瞬く間に波にのまれ、碧い海に消えていった。みな、なすすべもなかった。

わたしはスンヒが沈んでいったあたりの潮を見やり、ひまし油の瓶を握りしめ、死ねるスンヒが羨ましい、と思った。わたしだって生きていたくないのに、死ぬ覚悟もない。

船は、とても小さな島に着いた。陸にあがると、そこから見える海岸はここに来る前の島の海岸よりも、もっともっと綺麗だった。こんなに美しい景色がこの世にあるとは信じられない。夢を見ているようだ。いっそすべてが夢であってほしい。

海は、地主の奥さんがつけていたノリゲのような翡翠色で、砂浜は洗いたてのチマとチョゴリのように白い。

故郷を離れてから、ずっと着物かワンピースを着せられている。チマとチョゴリは大陸で捨てさせられた。わたしはもう二度とチマとチョゴリを着ることはできないのだろう。

こんなに遠くに来てしまった。両親や弟の顔が目に浮かび、立ち止まって海岸を見つめていた。するとスズキがわたしの肩を押して歩かせる。

「人に見られるだろ。はやく歩け」

わたしたち七人の女とスズキは、海を背にして山の方に向かった。迎えに来た兵隊とともに集落を通り過ぎたが、道には誰もおらず、静まりかえっていた。

集落のはずれの奥まったところに、二軒の赤瓦(あかがわら)の家があった。一軒からは、豚の鳴き声が聞こえる。

わたしは、ここでふたたび、穴、に、される。

三

「そろそろ行きましょうか」

松田さんに声をかけられるまで、私は説明板の前で考え込んでいた。

「あの、つかぬことを伺いますが」

そこで息を継いだ。

「はい、なんでしょう」

「えっと、あの……」

しかし、次の言葉が出てこない。松田さんは、私を見つめて待っている。

「この説明板の……」

ガイドを依頼する際に、沖縄戦を小説に書くために戦跡をめぐる、としか説明していなかった。意気込んで取材の手配をしたものの、いざとなると、「慰安婦」という単語を口にするのはためらわれたのだ。

しかし、ここは、きちんとたしかめておかなければ、と思う。

妙な間が空いたためか、松田さんがかすかに眉根を寄せた。

私は、んっ、んっ、と咳払いをしてから、思い切る。

「女性たち、というのは？」

声をひそめて言うと、松田さんは、一瞬、意外そうな顔になった。

「気になりますか？」

「あ、はい。すこし……」

「女性たち、というのは慰安婦のことです。『若藤楼』という辻遊郭のジュリと、那覇の偕行社の芸者が軍属扱いで入っていました。ジュリとは、昔でいう遊女ですね。

彼女たちが慰安婦にされて、ここにいました。このことについては、扱いが難しいので、こちらからはあまり触れないんです。以前は説明があったのですが、いまは直接的にわからないような表現になっていますから、気づく人も少ないですね」

「そう……なんですか」

「慰安婦は、さっき訪ねたアブチラガマにもいました。軍の陣地壕だったときには、茅葺の木造二階建ての小さな慰安所がつくられていたようです。そこでは朝鮮人の慰安婦と、沖縄出身の慰安婦が数人ずつ目撃されています」

「壕の中にまで……そして朝鮮の女性と、沖縄の女性が……」

「アブチラガマのあとに入ったガラビ・ヌヌマチガマでは、野戦病院だったときに、朝鮮人の慰安婦が地元の女性や学徒たちとともに、患者の便器や尿器の始末をしたり、食事や水の世話をしたりしていたそうです。沖縄戦は軍民一体でしたからね」

私は、ガラビ・ヌヌマチガマのぬかるんだ地面を踏んだときの、ぬるぬるとした感触を思い出した。見学中、ときおり足をとられ、長靴が泥だらけになった。かつてゴミ捨て場とされてしまっていた場所はとくにひどくて、沼のようだった。

彼女たちも、足をすくわれながら病人の世話をしたのだろうか。

地元の女性たちにいったいどんなまなざしを向けられていたのだろう。

本格的な取材をして小説を書くのは初めてで、勝手もわからない。沖縄に知人もおらず、編集者が世話をしてくれるプロの作家でもない私につてなどなく、インターネットを駆使して手探りで取材を調整した。我ながらこの短期間に頑張って行程表を作ったとは思うが、どうしても万全とはいかない。それでも、行ってみればどうにかなると、はやる気持ちに任せて来たが、やはりもっと準備しておけばよかった。

ガマに入ったとき、そこにそんな女性たちがいたことを事前に知っていれば、感じることも違ったのではないか。

私はおどろおどろしい雰囲気が漂う第三十二軍司令部壕の入り口を見やりながら、アブチラガマの中の湿った空気、ごつごつとした岩肌を思い出してみる。だが、平和ないまこのときに、晴れた空の下、自由を享受している自分が、日の光の届かない地中奥深くで繰り返し性を奪われる女性たちの姿を思い描くのは難しい。

明日からの取材先のことは、いま一度インターネットの情報をさらっておこうと思った。

市内の宿泊先まで松田さんに送ってもらった。ここは、女性専用ゲストハウスで、朝晩の食事を付けても宿泊代が安かった。一軒家で、住宅街にある。今日と一日あけて明後日（あさって）、泊まる予定だ。

チェックインをしたのは六畳の和室だった。本来は二人部屋だが、ひとりで使うことができた。私は、荷を解いてすぐに汗だくの体をシャワーで流してさっぱりとし、ようやく一息つく。畳の上に四肢を投げ出し、伸びをすると、疲れがじわじわと襲ってくる。

まぶたを閉じたそのとき、充電していたスマートフォンに着信があった。画面をたしかめると、会社の同僚の飯塚さんからだった。

嫌な予感がしたが、電話に出る。

「河合さん、よかった、つながって。何回かかけたんだけど」

「すみませんでした」

「あのね、明日だけでも、出勤できない？」

「明日って、日曜日ですよね？　ちょっと……」

「無理してでも明日は出た方がいいと思うんだけど。みんな今日も休日出勤したし、明日も出るの。ひとりだけ出ないっていうのは、どうかと思う」

飯塚さんの口調がきつくなっていく。

「納期が近いのに有休取るとかありえないって、元木チーフも切れてる。だから、せめて明日だけでも出てくれたら助かるんだけど。ていうか、あたしたちもぎりぎりで困ってるんだけど」

「でも……」

会社の同僚には、沖縄に来ることは言っていない。

「でも、もなにも、勝手すぎない？」

「ほんとうにすみません、どうしても大事な用事があるんです」

「もしかして、どっか旅行とかしているわけ？　だって月、火、休むってことは四連休でしょ。お盆休みもあったのに、また休むなんて、信じらんない」

「遊びではないんです」

思わず言い返していた。

「はあ？」

飯塚さんは、わざとらしいくらい聞こえよがしにため息を吐くと、もういいわ、いい、と続ける。

「元木チーフ、めちゃくちゃ怒るだろうね。知らないから」

そう言って、飯塚さんは通話を打ち切った。

スマートフォンを投げるように放り、まぶたを閉じる。

会社に有給休暇を申請したときの元木チーフの顔が頭に浮かんだ。唇の端をぴくぴくと震わせ、神経質にまばたきを繰り返していた。

「ずいぶん急だな。困るんだよ、納期が近いときに休まれると」

「ただでさえ、人手が足りないのに」

「飯塚君たちの負担が増えるじゃないか」

ねちねちと言われたが、私はめげなかった。以前なら気に病んで遠慮したが、そのときは決意がかたかった。そもそも、人手を最小限に抑えているのに、きつい納期で受注する会社に問題があるのではないかと思った。とはいえ、さすがにそれを口にできるほど腹が据わっているわけではない。私は、すみません、と頭を下げた。

「どうしても、お願いします。家庭の事情なんです」

多少の作り話は許されるだろう。

「タイミングが悪いんだよ。タイミングがっ」

元木チーフは吐き捨てるように言った。その仕草はあまりにも高圧的で、癇に障った。それに、いつだってぎりぎりの状態で仕事が進むのだから、休みを取れるタイミングなんて、ないに等しいではないか。

「でも、あの……契約社員とはいえ、有休は権利としてありますよね？　私、一度も取っていなかったので」

勇気を振り絞ってそう言うと、しぶしぶと認めてくれた。

このことが原因で会社にいづらくなるかもしれないが、そのときはそのときだ。私は腹をくくった。そもそも、半年前から勤めている、アプリを制作する零細IT企業は雇用環境が悪すぎる。残業や休日出勤も多く、小説を書く時間も、心の余裕もなかなか持てない。だから、万が一辞めることになったって未練はない。

私は本気なのだ。大事なのは、小説、だ。会社のことは、忘れよう。

起き上がり、タブレットをバッグから取り出し、今日取材したガマや壕の様子を記すことにした。

しばらく作業を続けていると、ゲストハウスのオーナーの比嘉さんが、食事ができたと知らせに来た。

タブレットへの入力を止め、食堂に向かう。食卓には、一人前の夕食が用意されていた。ゴーヤチャンプルーに野菜サラダ、ごはんに味噌汁、デザートとしてサーターアンダギーがひとつ、お盆に載っている。

「ほかの人たちは素泊まりで、今日は河合さんだけだね」

比嘉さんは、冷たいお茶をグラスに注いでくれながら言った。朗らかな人当たりで、年齢は四十前後だろうか。

「河合さんは東京からでした……ね？　沖縄は初めて？」

「高校生のときに修学旅行で来たきりです」

「そう。じゃあ、いろいろ楽しんでいってくださいね。今日はどちらに行きましたか？」

「今日は、その……ガマに入りました。私、戦跡をいろいろと見て回ろうかと思っているんです」

「個人旅行の方が戦跡めぐりとは、珍しいですね。どうしてまた？」

「えっと……」

初対面の人に小説の取材だと答えるのはなんとなく恥ずかしい。プロの作家ならまだしも、私はまだ何者でもないのだから。

「ごめんなさい。聞きすぎてしまいましたね」

「いえ、大丈夫です。私、実は、取材で来たんです。小説を書いているんです」

小説を書いていると、口に出したのは初めてだ。大学時代の文学サークルの仲間以外、家族も友人も私が小説を書いていることは知らない。親しい薫にも黙っている。

就職活動中に、母に一度だけ「ものを書く仕事をしたい」と言ったとき、「そんな夢みたいなこと言ってないで、どこでもいいから、お兄ちゃんみたいにまっとうな会社に入りなさい。枠から外れずに生きていくべきよ」と言われた。小説を書いて、新人文学賞に応募していることなんて、とてもじゃないが、話せなかった。

だが、いざ、こうして人前で表明してみると、自分で自分を誇らしく思えるから不思議だ。

「小説？　すごい！　なんだか、かっこいいですね」

比嘉さんは満面に笑みを浮かべ、興奮気味に言った。しかしその笑顔はまぶしすぎて、後ろめたくなってくる。私は比嘉さんから視線を外し、でも、とつぶやく。

「まだプロではなくて、作家志望にすぎないんですけど」

「文章が書けるってすごいですよ。私なんて、書くの苦手だから、ＳＮＳすらめったに投稿しない。本当はゲストハウスの宣伝をもっとしなくちゃいけないのにね。それにしても、小説って、誰でも書けるわけじゃないですよね。いやあ、やっぱり、すごい」

「そんなことないです」

謙遜（けんそん）してみるものの、内心では褒められてまんざらでもなかった。

「私ね、小説、読むのは大好きです。娘と本を貸しあったりします」

「娘さんがいらっしゃるんですね」

比嘉さんは、二年前の写真だけど、と言いながらスマートフォンの待ち受け画像を見せてくれた。そこには、比嘉さんと一緒に振袖（ふりそで）姿の女の子が写っていた。ふたりははっきりとした目元がよく似ている。

「かわいいですね。こんな大きなお嬢さんがいらっしゃるんですか？　お若く見えますけど」

「ありがとう。河合さんは……独身？」

「はい、独り身です。ふだんは、会社で働いています」

「働きながら小説を書いているんですか？　夢があっていいですね。それで、どんな小説を？　取材っていうことは、沖縄が舞台のもの？」

「はい、戦時中の沖縄が舞台で」

「それで、戦跡めぐりなんですね。ジャンルは、ミステリー？　それとも恋愛もの？」

私は答えあぐねて、夕食の膳に視線を落とした。すると比嘉さんは、はっとした表情になる。

「食事が冷めちゃいますね。質問攻めにしてしまってごめんなさい。どうぞ召し上がって」

いただきます、と私は箸を取った。

「ごはんのおかわりは、カウンターの炊飯器から自由によそってください。それから、食べ終わった食器はそのまま置いておいていいですから」

比嘉さんは、ごゆっくり、と微笑むと、食堂を去った。

遅くまで起きていて、取材した詳細をタブレットに打ち込み、今後訪ねる場所についての予習をした。そのため、翌朝はスマートフォンの目覚まし音に気づかず、すっかり寝坊してしまった。おかげで乗るはずだった離島行きの船の出発時間には間に合わない。

こういう迂闊さが嫌だ。大学入試の当日も寝坊をしたし、慌てていて筆記用具も忘れてしまった。

私は、肝心なところで失敗する。なんというか、ださい。そして、そのことを母や周りの人にうんざりされる。デートの当日、待ち合わせ場所を決めようとしたら、スマートフォンを充電し忘れ、連絡がなかなか取れなくて元恋人の怒りを買い、結局会えなかったこともある。そんなときは、なにより、私自身が自己嫌悪でたまらない。

今日もやってしまったかと落ち込んでいる私に、朝食がわりにと、比嘉さんがおにぎりをくれた。そして、スーツケースも預かってくれるという。離島に一泊して戻ってくるのだが、大荷物を置いて行けるのは、とても助かる。比嘉さんの心づかいがありがたかった。

気を取り直して、南部まで遠出することにする。次の高速船は夕方で、それまで時間もあるので、昨日訪ねきれなかった摩文仁の平和祈念公園に行ってみることにしたのだ。

那覇バスターミナルから糸満行のバスに乗った。車内はそれほど混雑しておらず、座席につくことができた。摩文仁や祈念公園のことをひととおりタブレットで調べたのち、ぼんやりと外を眺めながら、おにぎりを頬張る。低い建物ばかりが並ぶ街道やさとうきび畑が続く光景を見ていると、遠足かなにかに行くようで心が和む。今朝の失態も気にならなくなってくる。

糸満でバスを乗り換え目的地についた。平和祈念公園には修学旅行の際に来たことがあるはずだが、あまり覚えていない。高校生の頃は沖縄戦に関心がなかった。いや、正直言って、この題材に決めるまでは、沖縄戦はおろか、戦争についてほとんど興味がなかった。

晴天の日曜日である今日は、見学者が多いようで、広々とした敷地に人の姿が散らばっている。

まっすぐに沖縄県平和祈念資料館に向かった。常設展示室で、沖縄戦関係の実物資料、写真パネル、沖縄戦体験者の証言文、証言映像などをじっくりと見る。想像以上に悲惨な沖縄戦のありさまに、感情が追いついていかない。打ちのめされるような衝撃があるものの、それはやはり自分の中でうまく咀嚼できない。他人事としか感じられないことに苛立ちを覚えつつ、展示室を出た。まだまだ、取材も資料の読み込みも足りないということなのだろう。とりあえず、ミュージアムショップでは、沖縄戦に関する書籍を三冊ほど買った。本当はもっと買いたかったが、大荷物になってしまうので、書名をメモし、のちに書店やネットで購入するなり図書館で借りるなりしようと思った。

資料館を出て平和の礎(いしじ)に行く。布や麦わらの帽子をかぶった中高年の集団が、女性ガイドさんの話を熱心に聞いていた。私は彼らの背後にさりげなく近寄り、ガイドさんの説明を盗み聞きする。

平和の礎にはおびただしい数の戦没者の氏名が刻まれており、遺族などの申請によって、毎年あらたな名前が加わっているという。ガイドさんのひとことひとことに、皆が静かにうなずいていた。

中央の「平和の火」が灯(とも)されている広場からは、摩文仁の丘陵や海岸線が望める。空は青く、入道雲が遠くに見える。だが、白い砂浜に穏やかな波といった、頭に刷り込まれた典型的な沖縄の海とは違い、切り立った崖(がけ)がところどころに見え、青緑色の海は波が荒く打ち付けて勇ましかった。

ガイドさんとともに集団がいなくなっても、私はしばらく岸壁を眺めていた。

それから韓国人慰霊塔に向かい、目線の高さに据えられた大きな慰霊碑の前で手を合わせる。ここは、慰安婦の女性たちの魂も慰霊しているはずだ。

どうぞ、安らかに。よい小説が書けるようにお力添えください。私が、沖縄戦を、女性たちの気持ちを、もっと肌身で感じることができますように。

胸のうちで唱えた。

その後、都道府県別にずらっと並ぶ戦没者慰霊碑のあいだを抜けて、丘を下っていく。

花が供えられた軍司令官の立派な慰霊碑があるかと思えば、手入れもされず横倒しになり、まわりに草がぼうぼうと生えている、個人が建てたであろう慰霊碑もあった。戦局の悪化とともに首里から南下した第三十二軍司令部の洞窟跡や、大小のガマも見られる。

ここは、まさに戦地だったのだということがうかがい知れた。私は、そのところどころで手を合わせて祈った。

岩肌が続く海岸は、濃厚な潮の香りが満ちている。サーファーがあちこちにいる平和な景色を目の前に、両手を軽く広げて深呼吸した。摩文仁の丘を下りながら、ずっと息を詰めていた。いまようやく酸素をぞんぶんに吸えたような気がした。

頬に風を感じながら、七十数年前へ思いをはせる。

米軍に追い詰められて、どれだけのひとが命を落としたのだろうか。

あらためて海岸線をぐるりと眺めると、岸壁がえぐりとられたようにへこみ、大波がしぶきをあげてぶつかっていた。

これまで、自分は本当に無知だったと思い知る。学校の歴史の授業で時間を割いて詳しく習った覚えもない。そもそも近現代は駆け足で事象を覚えただけのような気がする。だから私と同じように、沖縄戦について詳しく知らない人は多いはずだ。

この島の痛みをなんとか伝えたい。

そんな小説が書けたなら、私の人生も開けるはずだ。

難しくても頑張ろう。

あらためて気持ちが昂るのだった。


泊埠頭に向かい、とまりんから午後四時発の高速船「クィーンざまみ」に乗った。八月最後の日曜日とあって、船内は老若男女で混んでいる。時間ぎりぎりに乗った私は座席にありつけず、デッキに出た。

熱帯低気圧の影響で波は高かったが、目の前に広がる海は晴れ渡った空を映して鮮やかに碧く、強い陽の光を反射し輝いている。白い波しぶきが水面の碧さと美しいコントラストを描いていた。

船ばたからしばらく水面を眺めていると、波濤がときどきやってきて、船が大きく揺れる。バランスを崩し、船べりにつかまると、目の前に水面が迫ってくる。まぢかで見ると水は透き通っているのに、底が見えない。奥にはなにがあるのか、探ってみたくなる。

湿った風に吹かれながら、海鳥の姿を目で追うと、本島がしだいに小さくなっていく。

韓国語が聞こえてきて、声の方を向くと、若い女性二人がスマートフォンでお互いを撮りあっていた。かたやサングラスをかけてティーシャツにジーンズ、かたやキャップをかぶりコットンのシャツに短パンという南の島の観光客然とした恰好で、おそらく大学生くらいではないだろうか。

はしゃいでいる姿が微笑ましくて見つめていると、キャップをかぶっている方の女の子と目が合った。私は、笑みを崩さずに、女の子たちに一歩近づく。

「写真、撮りましょうか？」

日本語で言ったが、意味は通じたようで、キャップの女の子は、サンキューと答えて、私にスマートフォンを渡してきた。

ポーズをとるふたりの写真を数枚撮ってスマートフォンを返す。

「アリガトウゴザイマス」

片言で言って、バイバイ、と手を振り、ふたりは船室に入っていった。

私は、ふたたび海原に目をやった。

あの子たちは、朝鮮半島から沖縄に来て、離島に行く。その足取りは、戦時中に来た女性たちと同じだ。きっと年齢もさして変わらない。

だけど、あまりにも境遇が違う。

そう思うと、ますます七十数年前にこの海の上を通った女性たちが哀れで切なく思えてくる。

潮の香りを胸いっぱいに吸い込んで目を閉じ、ひとときの間をおいて、ふう、と息を吐ききる。風が強まり、髪が乱れて顔にかかるのが鬱陶しい。船も揺れ始め、立っているのがおぼつかなくなった。

むかむかとしてあがってくるものがあり、私は大慌てでデッキから離れ、トイレに駆け込んだ。二度、三度と吐き、胃の中のものはすべて出しきってしまった。泊港を発って五十分後、阿嘉島に着いたときは、ふらふらだった。女性たちも、きっと私のようにへとへとになったのではなかろうか。同じような経験ができたならば、このしんどさも悪い経験ではないだろうと、自分を無理矢理に鼓舞する。

船着き場に降りると、正面に犬の像があった。映画にもなった有名な犬らしいが、日本犬だろうか。なかなか愛らしい顔だ。その像の奥には、遊具を備えた児童公園があるが、誰も遊んでいない。船を乗り降りするひとたちは結構いたが、ダイバーや海水浴客のようだった。ここは車で一周しても三十分足らずの小さな島で、人口は三百人に満たないというが、ダイビングや海水浴のハイシーズンらしく、人の姿はかなりある。

まだふらつくので、船着き場ですこし休み、体調を回復させてから、海岸線に沿った道を歩いた。舗装され、道沿いには芝生が植えられている。左手に望める浅瀬は水色と緑色のあわいに近く透き通り、白みがかった黄土色の砂浜が続く。日が長い夏の日らしくまだちらほらと海水浴客がおり、小学校高学年ぐらいの男の子が浮き輪で泳いでいたり、カップルが仲良く砂浜に寝転んでいたりする。平和でのどかな光景は、まるでこの島だけときがゆっくりと流れているかのようだ。穏やかな波の打ち寄せる音が耳に心地いい。風はふんわりとしてやわらかく、さわやかだ。

遠く沖合は、低く射す太陽の光できらめいている。この静謐な海岸に軍艦がびっしりと並んだ様子はたやすく想像できないが、ここに米軍が最初に上陸した。

スマートフォンのグーグルマップの指示に従い、海沿いから民家が並ぶ平坦な道に入り、石塀のあいだを歩く。

すぐにたどり着いた民宿はネットにあったとおり、築年数が古かった。ここは、宿泊料が島で一番安かったし、八十すぎのおばあさんが営んでいるから、戦時中の話を聞けるかもしれないと期待していた。

「あの……戦時中、この島には、慰安所がありましたよね？　慰安婦の方たちを見たことはありましたか？」

私は単刀直入に尋ねた。

「わたしは外地にいたからね、わからないのよ。だけど、その人たちの世話をしていたキヨさんがいますよ。明日にでも訪ねてみたらいいです」

おばあさんは、慰安所跡の近くにあるキヨさんの家の場所を教えてくれた。

案内された部屋は四畳半の和室だった。船着き場で休んだものの、まだなんとなくすっきりとしないうえに、朝からの移動の疲れも覚えていた。私は、畳んであった布団を敷き、とりあえず横になった。するといつの間にか眠ってしまっていた。

夕食の時間に起こされ、食堂でカレーライスを食べた。高校生ぐらいの女の子三人と、四、五歳の男の子を連れた若い夫婦が一緒だった。ひとりきりで食べているのが奇異にうつるのか、女の子たちがちらちらとこちらを見ていて居心地が悪く、半分くらい食べて部屋にひきあげた。すきっ腹にカレーというのもきつかった。

民宿の入り口にあった販売機で買ったさんぴん茶を飲みながら、タブレットを操作して情報をさらい、資料をたしかめているうちに、辺りは暗くなっていく。古い蛍光灯の紐(ひも)を引っ張って灯を点(つ)けると、何度か点滅して明るくなった。

私が目を通した資料によると、女性たちが来たときのこの島の様子はいまとまったく違っていた。

戦局はいよいよ苦しくなり、沖縄への米軍の上陸に備えて、すでに二か月前から阿嘉島は特攻艇の秘密基地となっていた。島民は島から出ることを禁じられ、立派な家屋は軍に接収され、将校たちの住居とされた。住み慣れた家を追い出された島民は、山の上の掘立小屋などに追いやられるか、三世帯、四世帯でひとつところに暮らすことを強いられた。

彼女たちは、なんと人間扱いではなく、軍事物資として運ばれてきたという。そしてその頃、島には、全島民を超える数の特攻隊員がすでに来ており、多くの住民が徴用に駆り出されていた。そんな殺伐とした空気の中、彼女たちは一部の島民から風紀が乱れるとして拒まれた。

「島の娘が犯されないように、そのために連れて来たのだ」と軍から説得され、島民はしぶしぶ慰安所設置を受け入れた。慰安所に近づいてはならないと厳命されていたというが、島民の彼女たちへのまなざしは厳しいものだったに違いない。

私は、よし行こう、と立ち上がり、民宿を出て、船着き場の方に戻る。

日はとっぷりと暮れており、街灯がなく民宿やペンションから漏れる光程度しかないため、かなり暗い。そこはかとない不安があるが、この闇の中、あえて慰安所までの道のりを歩くことで、女性たちの気持ちをつかむことができるのではないかと思う。

右手から聞こえる潮騒(しおさい)とともに歩いていると、がさごそという音が左手の路地の奥から聞こえてきた。驚いて足を止め、目を向けると、黒っぽい影が走り去っていった。おそらく慶良間(けらま)鹿だろう。島にはかなり多くの鹿がいると記事で読んだ。

ふと空を見上げると、無数の星が輝いていた。明るさもまちまちな大小の星々が窮屈なまでにびっしりと夜空を埋めている。

わあ、と思わず声が漏れる。

彼女たちも、美しい星空を眺めたのだろうか。辛い生活の中、空を見上げて心が癒されていたならいいな、と願う。

圧巻の光景に見入っていると、目が慣れてきて、星あかりは案外明るいということを初めて知る。ほどよくさざめく波の音とともに、私はまた歩き始めた。

四

わたしは、赤瓦の家を出て、星あかりを頼りに、夜道を歩いた。シガ隊長のところまでは、それほど離れていない。

歩くのも難儀なほどからだが憔悴しているのに、シガ隊長に呼ばれてしまった。いたるところに痛みもある。それにもまして、これからまた男に好き勝手されるのはあまりにも気が重い。ほんのわずかでも先延ばしにしたくて、ゆっくりと歩を進める。

空を見上げると、数えきれないほどの星がいまにも落ちてきそうなくらい近くに見える。天へと手を伸ばしてみるが、届かない。

働きに出て戻らない母を待ち、幼い弟を背負って家の前で夜空を見上げたことを思い出す。あのときは、星に願いをかけたら、母が帰ってきた。けれども、いくら星々に願っても、ここではなにひとつかなわない。島に来て一か月が経っているが、わたしがやらされることは大陸と変わらない。

男たちが切符を握りしめて並び、わたしは豚の糞の臭いが漂う瓦家で、夕方から下士官、夜は将校と、一日に何人もの相手をさせられる。こうやって、将校から外に呼ばれることもある。

波の音が遠くに聞こえ、立ち止まって耳を澄ました。すると、波が押し寄せるように、かなしみがせりあがってくる。

海に入って、この島から逃げてしまおうか。スンヒのようにおぼれて海の底に沈んだっていい。

そう思った瞬間から、そんなことははなから無理だと心の声がこだまする。わたしは、絶望を飼いならしてしまっていた。たとえひとりきりで歩いていても、囚われの身から逃げるすべはない。

その晩シガ隊長は、わたしに酌をさせ、酒を飲ませた。そして流暢に話せないわたしに、内地の歌を教えようとする。わたしは口真似するものの、なかなか覚えられない。するとシガ隊長は不機嫌になって、わたしを乱暴に押し倒した。そして一晩中、からだを弄んだ。

目覚めてみると、新しい痣ができていた。よだれをたらしているシガ隊長のだらしない寝姿を横目に、灰色のワンピースを着てシガ隊長の泊まる家を出る。

裏口から出たそのとき、庭先にいた少女と目が合ってしまう。ぎょっとした顔でこちらを見つめるので、逃げるように昨晩来た道を引き返す。歩くたびにうずく痛みは昨晩よりも激しく、足取りはおのずと重くなる。耳の奥にひびくのは、波の音なのか心のすすり泣く声なのか、よくわからない。


瓦家に戻ると、女たちがひとところに集まり、遅い朝食をとっていた。その日の献立はちょっと贅沢な大和肉の缶詰に、青菜のつゆと飯だった。味付けの濃い牛肉は飯がすすむ。膳を囲む女たちは献立に気を良くしてか、半島の言葉でかしましく話している。わたしもその末席に加わったが、気持ちは暗く沈んでいた。

この島に着いた日に、わたしたちはスズキから名前を勝手に付けられた。わたしはコハルだ。目の前で亡くなったスンヒが名乗っていたハルコに似ているので気に入らなかったが、受け入れるしかなかった。これで、いくつめの名前だろうか。名前が変わるたびに心はすり減り、新しい名を聞き慣れてくると、わたしという人間が削られていくようだった。だから、毎日布団の中で、自分の本当の名前を心のうちで繰り返しつぶやく。

最初は、コハルと呼ばれてすぐに反応できずにいたが、このところはコハルという名になじんでいることに気づいて、自分が恨めしくなる。

せめて、コハルと呼ばれるあいだは、自分自身を消して、兵隊の人形としてふるまおう。本当の名前とともに、心をどこかに預けておこう。美しい海の向こうに、あるいは、宝石のような星空の果てに。

わたしは、二軒の立派な赤瓦の家のうち、豚小屋のある東側の瓦家に、一部屋をあてがわれた。そこにはほかに、コユキ、コハナと名付けられたふたりがそれぞれの部屋をわりあてられた。部屋は、畳がしいてあり、大陸にいたころの倍以上の広さだ。布団も清潔で質がいい。隣の瓦家には、コマチとアケミ、シノブ、ミハルの四人が行った。

七人の女たちは夜遅くまで働かされるので、朝が遅かった。したがって食事は一日に二回、昼ご飯に近い朝食と早めの晩ご飯だけだった。そして夜食用のおにぎりを作っておいてもらった。

軍からの配給で作られる食事は、たまに冷凍の兎肉が出ることもあったが、缶詰があれば良い方で、蕗（ふき）や蕨（わらび）といった乾燥野菜をもどしたおひたしなどをおかずにつゆと飯程度の質素なものだ。

大陸で管理人だったおかあさんは、女たち同士が喋（しゃべ）ることを禁じ、故郷の言葉を使おうものならきつく叱り、ときには殴ったりすることもあったが、ここでは故郷の言葉で話してもスズキはなにも言わなかった。それどころか、半島から来たばかりで服の手持ちのないコマチがチマとチョゴリばかりを着ていても、怒らなかった。

「俺のことは、オッパ(兄さん)と呼べばいい」とまで言い、理解があるように見せていたが、どんなに具合が悪かろうが、わたしたちが男たちを拒むことは許さなかった。

　シガ隊長の相手をして疲れ切ったわたしはコマチの隣に座り、そっとチマに触れた。そうすると、ささくれだった心が撫(な)でられていく。

　生成りの麻の手触りは、母やわたしのチマと同じだ。しばらく触れていると、今度は自分がこんな服を着ていたのが、はるか遠い昔のことに思えてきて胸が詰まってくる。

　チマをぎゅっと握りしめると、コマチが気づいて、こちらを見た。

「姉さん、この服を貸しましょうか」

　わたしは首を振って、チマを握る手を放した。

　チマとチョゴリを着たら、きっとわたしは正気を保てない。

　目をつぶって一息ついて、冷めた飯を口に押し込む。喧騒(けんそう)の中、黙々と食べていると、あたたかいつゆをキヨさんが持ってきてくれた。

「ありがとう」

内地の言葉をつぶやくと、キヨさんは、口元をほころばした。

食事を作ったり、薪をくべて、井戸から汲んできた水を沸かし、からだを洗うための湯を用意してくれたり、こまごまと世話をしてくれるのは、わたしよりも年上に見える島の女性と、南方の外地、パラオから戻ったというキヨさんのふたりだ。一方の女性は口数が少ないが、若いキヨさんは人懐っこく、わたしたちにさかんに話しかけてくる。

三十歳で一番年上のコハナ姉さんと、わたしと同じ二十歳のミハルはとても内地の言葉が上手だったが、コマチはまったく話せなかった。あとはわたしのように、おおよその聞き取りはできても片言だ。それでも、キヨさんはわたしやコマチにもなついてきた。キヨさんもわたしと同い年だというが、小柄なので、妹のように思えた。

「キヨさん、トウガラシは手に入った？」

コハナ姉さんが訊くと、キヨさんは申し訳なさそうに顔をしかめ、「もっと探してみる」と言ってくれた。

「これ、キヨさんにあげる」

男たちが取りあいの喧嘩をするほど美しい顔立ちのミハルが、兵隊からもらった羊かんを差し出した。

「ありがとう」

キヨさんは両手で羊かんの包みをさすって、屈託なく嬉しそうに微笑んだ。

その日は火曜日で、軍医が検診に来る日なので、夕方も夜も男たちの相手をしなくてよい。そのため気前が良くなったのか、不機嫌なことの多いシノブもキヨさんに乾パンをあげていた。

食事を済ますと、キヨさんたちが沸かしてくれた湯でわたしたちはからだを洗った。それから、裸のままひとりずつ、軍医の診察を受ける。わたしは軍医の前でもいつものように淡々と股を開いた。

今度の軍医は若くて青白い顔の男だった。

「このメーシンコウを毎日塗るように」

軍医は、赤紫色の薬を股のあいだにへらで塗りながら、先週とまったく同じことを言った。その態度は、まるで汚いものでも扱うかのようだった。最初から最後まで、わたしの顔を見ることはなかった。

女たち全員が診察を終え、新たな服を着ると、スズキが来て、梅毒予防の軟膏が入った缶をみんなに配った。さっき塗られた赤紫色の薬だ。ここではメーシンコウの軟膏が六〇六号の注射の代わりのようである。

「サックを必ずつけるんだぞ」

スズキは、念を押すように言った。

それから、キヨさんと中年女性が作ってくれた食事をさかなに、わたしたちは酒を飲み始めた。酒は充分に軍から配給されている。

二十三歳のアケミは速い調子で杯をあけ、酔いのまわった目つきでキヨさんに言った。

「キヨさんはこの島の人だからいいけど、私たちの故郷は遠いから……」

アケミは目に涙を浮かべている。キヨさんはアケミを困惑した顔で見つめている。

「夫と死に別れて、困っていたときに、いい働き口があるって言われて来た。軍需工場で働くのだと思っていた。だけど、こんなに遠いところまで連れてこられて、いつ帰れるのだろう。このまま死んでこの小さな島の土になってしまうのか」

故郷の言葉で言い、泣き崩れるアケミは、将校と酒を酌み交わしたときにも、正体をなくすほど泣き、瓦家の外に飛び出したことがあった。そして、女たちの制止を振り切ってなにやら喚き散らし、あたりをふらふらとさまよい歩いた。アケミはまだ幼い男の子を母親に託して来ていたのだ。

アケミを見ているのがしのびなくて、わたしたちも酒量が増えてしまう。

やがて、飲みながら花札をしていたミハルとシノブが取っ組み合いの喧嘩を始めた。日ごろから、美貌のミハルに対してシノブは嫉妬していた。シノブのところに通っていた下士官が最近ミハルに夢中になっているのも気に食わないらしい。自分よりも年下なのに生意気だという感情がシノブの方にはあり、ミハルはミハルで気が強く、ふたりはなにかとぶつかることが多かった。

ここでは、女を決めて通う男が多く、たとえばコユキのところにはオオモリ中尉がいつも来ていたし、わたしのところにも、何人か決まった男が通っていた。シガ隊長のように女を自分の滞在する民家に呼びつける将校もいる。

ミハルとシノブは髪を引っ張り、顔を叩きあう。

「嫉妬してみっともない」

「やい、いい加減にしろ」

激しく罵倒しあい、やりあっていたが、それまでちびりちびりと酒を飲んでいたコハナ姉さんが仲裁に入ってやっと収まった。

「喧嘩してどうするの。戦争だから、きっともうすぐ私たちはここで死ぬ。だからせめて生きているうちは仲良くしないと」

「死ぬのはいやだ」

シノブが酒をがぶ飲みする。

「お父さん、お母さんに会いたいよ」

ミハルが嗚咽を始める。

コハナ姉さんは、たばこをふかしてふたりの様子を眺めていたが、ねえ、とキヨさんの方を向いた。

「キヨさん。死ぬときは一緒だよ。私たちは、この島の、この土地の、肥料になるんだ」

威勢よく内地の言葉を放ったあと、「だけど、恋しいよ」と、涙まじりに故郷の歌を口ずさむ。すると、それが女たちの大合唱になった。わたしをのぞく女たちみんなが泣いていた。

아리랑 아리랑 아라리요
아리랑 고개로 넘어간다
나를 버리고 가시는 님은
십리도 못 가서 발병난다

아리랑 아리랑 아라리요
아리랑 고개로 넘어간다
청천하늘엔 별도 많고
우리네 가슴엔 꿈도 많다

아리랑 아리랑 아라리요
아리랑 고개로 넘어간다
저기 저 산이 백두산이라지
동지 섣달에도 꽃만 핀다

「その歌をわたしにも教えてください。パラオにいたとき会った優しい朝鮮のお姉さんたちがよくうたっていて、大好きだった。ちゃんと覚えてうたいたいから」

キヨさんがコハナ姉さんに言った。

わたしたちは、キヨさんが覚えられるように、最初のくだりをゆっくりと、繰り返しうたう。

アリラン　アリラン　アラリヨ
アリラン　ゴゲロ　ノモガンダ
ナルル　ボリゴ　ガシヌン　ニムン
シムニド　モッカソ　パルビョンナンダ

何度も何度もうたううちに、キヨさんはほとんどそらんじられるようになった。

翌日、食事の世話に来たキヨさんは、わたしたちとともに、また、幾度もうたった。夜食を作り置きして帰るころには、すっかり習得していた。

わたしは、男の下で股を開き、心のうちで同じ歌をうたう。すると嬉しそうに歌を口ずさんで帰るキヨさんの姿が頭に浮かび、自分がみじめで耐えがたくなってきた。気づくと、涙がとめどなくあふれていた。

わたしが泣きぬれているのを目の当たりにした男は、驚いて行為を中断し、からだをはなした。

不安で怯えた顔になっている。今日初めて来た男だった。

「おい、どこか痛いのか？」

痛いのは心にほかならないが、黙っていた。すると男は脱いだズボンのポケットから紙包みを出してわたしに差し出した。

「慰問袋に入っていた金平糖だ。これでも食べろ。泣くんじゃないよ」

「コンペイトウ……」

包みの中には、星形の氷砂糖が入っていた。船の上でスンヒと食べた氷砂糖だ。じっと見つめていると、スンヒのことが久しぶりに思い出され、さらに涙がこみあげてくる。

スンヒが亡くなったときは涙が一滴も出なかったのに。

こうして泣くのはいったい何年ぶりだろう。自分でも思い出せない。

「そうか、そんなに嬉しいか。金平糖が好きなんだな」

わたしはなにも答えずに、ただ、ひたすら泣きながら氷砂糖を眺めていた。

「ほかの奴らからも金平糖をもらって、今度持ってきてやろう」

男はそう言うと、ズボンを穿(は)いて部屋を出ていった。


「和(あ)え物が食べたい」

遅い朝食を食べながら言い出したのは、コユキだった。

「おかずにあきた」

シノブが加勢する。

「自分たちで作れないだろうか」

アケミが続き、コハナ姉さんが、そうだ、とうなずく。

「タンディが峠の方にあったのを見たから、探しに行こう」

ごく近くまでは外出が許されたので、コハナ姉さん、コユキ、アケミ、シノブの四人が裏の峠の野原へ行き、野草の野蒜(のびる)を摘んできた。

キヨさんは不思議そうにコハナ姉さんが野蒜を洗う様子を見ていた。

「野蒜を食べるのですか？」

「故郷のおかずを作るの。美味しいから、キヨさんにもわけてあげる」

コハナ姉さんが答える。

洗った野蒜を細かく刻み、油みそを加えて作る簡単な和え物はすぐにできあがった。わたしたちはみずから作った和え物を、飯とともに食べた。半島では野蒜をよく食べたことが懐かしい。この苦みと辛みがいいのだ。わたしたちは野蒜の和え物をすっかりたいらげた。

キヨさんは、和え物をひとくち試して、顔をしかめた。その仕草が大げさに見えて、みんなが大笑いする。いつまでもむせるようにしているので、あわてて水を飲ませた。

「まずい？」

コハナ姉さんに聞かれたキヨさんは、答えにくそうに困った顔をしている。

「そうそう、キヨさん。トウガラシ、お願いね。探して手に入れてね」

ミハルが言うと、キヨさんは、はい、とうなずいた。

この小さな島での暮らしは、わたしの心をむきだしにする。押し隠していたものが、忘れようと努めていたものが、露わになってしまう。

スズキは横暴ではないし、昼間に浜辺を散歩できるなど、大陸での暮らしに比べればほんのすこしだけ自由もあった。また、将校と基地隊の下士官のみを相手にするので、人数は大陸よりも少ない。男たちの年齢が比較的高く、顔なじみにもなるからか、激しい暴力を受けることもほとんどなかった。前線ではないことが大きいのだろうか。潮風が吹き抜け、光に満ちあふれ、翡翠色に透き通る水を湛えた海を眺めながら、穏やかな波がさざめく浜辺を歩いていると、汚され続けたからだが、なにも感じなくなった心が、かすかにやわらかく生き返る。

故郷にどうせ帰れないなら、この美しい海に囲まれた島に、骨をうずめればいい。気候もよいし、なにより仲間の女たちもいる。

わたしも女たちも覚悟しているかのように言いあうが、心からそう思っているわけではない。

郷愁をごまかしているだけなのだ。

こんな生活はたまらないと叫びたくても、その感情を押し殺してなきものとしている。

男たちの中には珍しく優しい将校もいて、「すこしでもからだをやすめなさい」と自分の故郷や親兄弟の話だけをして帰ることもあった。

その一方、獣のようにわたしのからだをむさぼったり、乱暴だったりする将校や下士官もいた。そういった男に蹂躙されると、消えてしまいたくなる。

大陸ではなにもかもを麻痺させてやり過ごしてきたのに、人間らしいほのかな安らぎのあるここでは、かえって自分の境遇が耐えがたいのだ。

辛いことがあった翌日、わたしは、から元気を出した。そして「野蒜を摘もう」と女たち何人かを誘って峠に行った。

峠からは碧い海原がよく見え、その濃い海の色を目にすると、故郷の海が思い出される。どこに行っても、なにをしても、郷愁がぬぐえない。それは日に日に強くなっていった。

「ここから見える海は、故郷まで広がっているのかな」

わたしはつぶやいて、眼下の海へ向かって小さくうたう。

아리랑 아리랑 아라리요
아리랑 고개로 넘어간다
나를 버리고 가시는 님은
십리도 못가서 발병난다

すると、いつものように、女たちも声を合わせた。

아리랑 아리랑 아라리요

아리랑 고개로 넘어간다
청천하늘엔 별도 많고
우리네 가슴엔 꿈도 많다

아리랑 아리랑 아라리요
아리랑 고개로 넘어간다
저기 저 산이 백두산이라지
동지 섣달에도 꽃만 핀다

顎(あご)で切りそろえられたコマチの髪が風になびき、細い首が露わになっている。コマチは男の前で故郷の言葉をつぶやき、激昂(げっこう)した男に髪をざっくりと切られてしまったのだ。それ以来、コマチはチマとチョゴリを着なくなり、コハナ姉さんにもらったブラウスとモンペを毎日身に着けている。

コマチの姿を見ていると、わたしのかなしみは、ふたたび絶望へ、より深い絶望へとうつろっていく。

アケミがおいおいと泣き出すと、つられてミハルも嗚咽を始め、慟哭(どうこく)が広がる。わたしだけは、乾ききった心で、ただうたい続けていた。

するとと峠の向こうに軍服を着た男の姿が見えた。コマチが、ひっと息を呑む。

「あの男が、あたしの髪を……」

わたしは歌を即座に止め、コマチの手を引いて踵を返した。アケミとミハルも続き、わたしたちは一目散に丘を下り、瓦家に向かった。

赤瓦の家に帰っても、この運命から逃れることなどできないのに、わたしたちには、そこしか行く場所はなかった。

一度、穴に落ちたら、ずっと落ち続けるしかない。

その穴の傾斜がゆるやかであるだけで、しょせん、穴は穴、なのだ。


正月を迎え、わたしとミハルは、シガ隊長の宴席に呼ばれた。そこには隊長のほかに二人の将校がいた。

瓦家で飼っている豚を一頭つぶして、食卓はいつもより豪華だった。新しい年となり、いくらめでたいとはいえ、品数の多い料理とふんだんな酒を前ににぎやかに談笑する彼らからは、いまが戦時中だという緊張感は見られない。大陸の前線での殺気立った空気とは大違いだ。船が着いた島で見た壊された建物とそのがれき、銃弾によってできた大小の穴は、幻だったのだろうか、とすら思えてくる。

敵の姿を見ることなくこのままここでときが過ぎてくれないだろうか。そしていつの間にかこの国が勝ち、戦争が終わってほしい。そうすれば男たちから蹂躙されることもなくなるのではないか。故郷に帰れるのではないか。そんな望みを抱きそうになる。

だが、隣に座るシガ隊長に肩をつかまれて引き寄せられ、着物の上からからだをまさぐられると、ふくらんだ望みはたちまち泡のようにはじけて消えていく。抗うことはかなわず、なすがままにされていると、故郷に戻ったところで、さんざん男たちに汚された自分が、家族や集落のひとたちの前に姿を現すことなんてできるはずがないことを、あらためて思い知らされる。

シガ隊長の執拗でいやらしい手の動きが、故郷への思慕を損なっていく。わたしはあらゆる感情の扉を閉じた。すると魂はからだからすっぽりと抜け出し、男に弄ばれる自分をまるで他人を見るかのように遠くから眺めていた。

ふと、手の動きを止めたシガ隊長がわたしに顔を近づける。隊長の眼のふちは赤く染まっている。

「コハル、このあいだ教えた歌をうたってみろ」

酒臭い息を吐きながら命じているが、からだだけのわたしは、考えることができないでいる。

わたしが黙っているのを見て、シガ隊長が、早くしろ、と顎をしゃくった。
「うた、わからない、こめんなさい」
小声でぼそりと答えると、シガ隊長ではなく、膳をはさんでわたしの前に座ってい
た男が、「わからないとはなにごとだっ」と怒鳴って立ち上がった。コマチの髪を切
ったという、峠で見かけた男だ。ニシヤマというらしい。
ミハルはヤマダという将校に酌をしていたが、かたい表情で酒を器からこぼしてし
まっている。
しんと静まりかえる中、魂が、感情が、否応なくからだに戻ってくる。わたしは、
こめんなさい、こめんなさい、と両手をこすり合わせて頭を下げる。恐ろしさで、声
がうわずっていた。
「まあ、まあ、落ち着け。酒の席だ、そういきりたつな」
シガ隊長はニシヤマをなだめると、わたしの肩をぽんぽんと叩いた。
「なんでもいい。お前の知っている歌をうたってみろ」
いつになく優しい声だ。
そう言われても、まさかここで故郷の言葉でうたうわけにはいかないだろう。かと
いって、内地の歌など、わたしはひとつも覚えていない。
「隊長、わたしがうたいます。ヤマトナデシコになるなら、うたえないと」

ミハルが言うと、隊長は、おおそうか、とうなずいた。

「それじゃあ、ひとつよろしくたのむ。せっかくだから、立ってうたえ」

はいわかりました、とミハルは立ち上がる。そして、すうっと息を吸って、うたい始める。

うみゆかば　みづく　かばね
やまゆかば　くさむす　かばね
おおきみの　へにこそしなめ
かえりみはせじ

ミハルの声はよくとおり、男たちは、満足そうな顔で聞いている。歌が終わると、シガ隊長が、いいぞ、と拍手し、みながそれに倣った。わたしも仕方なく手を叩く。

「そうそう、それだ、ミハル。いい声だな。もっとうたえ。ほかにもうたえるだろう」

シガ隊長が機嫌よく言った。

「はい」

答えたものの、ミハルは、すぐに歌が出てこないようだった。眉間（みけん）にわずかにしわを寄せ、黙って佇んでいる。ほかに内地の歌を知らないのかもしれない。

「なんだ、興ざめじゃないかっ。なにがヤマトナデシコだっ」

ニシヤマの声に、ミハルはびくっとからだを震わせた。

それまで黙っていたヤマダが、隊長、と口をひらいた。

「自分は、ミハルが朝鮮の歌をうたったのを聞いたことがあります。とてもいい曲調の歌でした。それをうたわせたらどうでしょう。コハルも一緒に」

「そうだな、それも、悪くないな」

「隊長、朝鮮の歌ですよ。いいんですかっ」

ニシヤマが気色ばんだ。

「まあ、正月でめでたいし、大目に見てやろう。たまにはいいだろう」

そう言うと、わたしに顔を寄せてきて、「お前の歌声も聞きたいしな」とつぶやいた。

「それじゃあ、ふたりで並びなさい。ほら、コハルも立って」

わたしはヤマダに促されてミハルと横並びになり、シガ隊長の正面に立った。ミハルが、いつもの歌をうたおう、とささやく。わたしはうなずいて、息を整える。

ミハルの、せえの、という掛け声で、うたう。

아리랑 아리랑 아라리요
아리랑 고개로 넘어간다
나를 버리고 가시는 님은
십리도 못 가서 발병난다

わたしたちの歌を聞きながら、満足そうに酒を飲むシガ隊長の顔を見ているのは、耐えがたかった。この歌をうたうことで故郷とつながり、壊れそうな心を保ってきたのに、わたしの望郷の想いが汚され、踏みにじられるようだ。

ささやかな慰めとなる歌までも、男たちに奪われなければならないのか。

「いいぞ、続けろ」

ヤマダが顔をほころばして言った。ニシヤマは渋い顔で、口をへの字にして腕を組んでいる。

ミハルは、そのまま歌を続ける。わたしは隊長から目をそらし、胸の痛みを抱えながらも、ついていく。

아리랑 아리랑 아라리요
아리랑 고개로 넘어간다

청천하늘엔 별도 많고
우리네 가슴엔 꿈도 많다
아리랑 아리랑 아라리요
아리랑 고개로 넘어간다
저기 저 산이 백두산이라지
동지 섣달에도 꽃만 핀다

「なかなかいいじゃないか。もう一回うたえ。そうだ、うたいながら踊ってみろ」
シガ隊長に言われるがまま、わたしたちはふたたびうたい、そして踊った。仲間の女たちと集ったときに興に乗って踊るのと違い、ミハルもわたしもぎこちない動きになってしまう。とくにわたしはまったく気持ちが入らず、ただ手足を適当に動かしたが、せめて目の前の男たちを見ずにいようと目を閉じた。そして、峠から望んだ碧い海原を思い浮かべていた。

宴席から三週間後、見習士官の少尉任官祝いを兼ねた、軍主催の演芸会が開かれることになった。そこでわたしは舞台に立つ予定だ。

「ミハルとふたりで、あの朝鮮の歌を日本語でうたえ」

宴席でうたった歌を気に入り、シガ隊長が命じてきたのだった。歌詞は、コハナ姉さんが教えてくれたが、わたしは愛しい大切なこの歌を、内地の言葉でうたいたくなかった。けれども、舞台に立たないわけにはいかない。うたわなければならない。

わたしとミハルは、男たちの相手をする合間に必死に練習した。とはいえ心が抗っているせいか、なかなか歌詞を覚えられず、ミハルがそらんじられるようになっても、わたしはつまってしまうことが多かった。キヨさんの方がわたしより先に覚えてしまったくらいだ。

それでも、練習をかさねるうちに、どうにか歌詞を口ずさめるようになった。コハルと呼ばれてすぐに応え、着物にすっかり慣れ、軍服の男たちを見てもなにも感じなくなってしまっているわたしは、身も心も、どんどん故郷から離れていく。そして内地の言葉でうたうたびに、身を切られるような痛みに襲われる。

いよいよ舞台に立つ前日、ミハルとわたしは食事のあと、明日着る予定の服に着替えて練習にのぞんだ。キヨさんも、女たちとともに、わたしたちを見守っている。

わたしは、着古した着物一枚と灰色のワンピースしか服を持っていなかったので、いくらかはましな灰色のワンピースを着た。ミハルも、くたびれた白いブラウスに、黒っぽいスカートといったいでたちだった。

うたい終わると、女たちが、よくやった、と褒めてくれた。ミハルと仲の悪いシノブが、あたしが出たかった、とぶつぶつ文句を言っていたが、コハナ姉さんがなだめた。それから女たちは酒を飲んだり、たばこを吸ったりと、それぞれがくつろぎ始める。

もう一度歌の練習をしようかとミハルと相談していると、キヨさんがわたしたちのそばに来た。そして二枚の着物をそれぞれに差し出す。

「明日、これを着たらいい。わたしの着物だから、ちょっと小さいかもしれないけれど」

わたしたちはすぐに着物を広げた。紺地に白の絣柄で、ほとんど着ていないのか、まだ新しかった。いつも色あせたり擦り切れたりした着物を着ているキヨさんにとって、これらがとても大事なものだということは、容易に想像できた。

「こんなにきれいな着物、いいの？」

ミハルが訊くと、キヨさんがこくんとうなずいた。

「晴れ着で舞台に立たないとね」

微笑むキヨさんの手をわたしは思わず握っていた。

「ありがとう。ほんとうにありがとう」

ミハルも、「キヨさん、助かった」と、手を重ねた。

さっそくふたりとも着物を羽織ってみる。ちょっと丈が短いが、さまになっていた。なにより、キヨさんの思いが嬉しかった。この着物ならば、わたしの苦痛をやさしく覆ってくれそうだ。

「キヨさん、待っていて」

わたしは急いで自分の部屋に戻り、薄紙に包まれた星形の氷砂糖を持ってくると、それをキヨさんに渡した。

「コンペイトウ！」

キヨさんはさっそくひとつを口に入れ、笑顔いっぱいになった。


演芸会の舞台は、瓦家のすぐ裏にある、国民学校の校庭に作られた。

一月も終わりに近いが、よく晴れてあたたかい日だった。軍の男たちだけでなく、いつもは接することのない島の老若男女が大勢見物に来て、校庭は人で埋め尽くされている。

わたしとミハルはキヨさんから借りた着物に身を包み、舞台のそでで震えんばかりに緊張していた。島の人たちが見に来るとは思わなかったので、怯（おび）えてもいた。

シガ隊長は、何を考えているのだろうか。わたしたちが、島の人たちの前に出ていっていいのだろうか。

世話をしてくれる女性やキヨさんをのぞいては、島の人たちに姿を見られてはいけないとスズキからいつもきつく言われていたのに。

ここで姿をさらしたら、島の人たちは、わたしたちをどんな風に思うのだろう。薄汚い女として蔑んだ目で見るのだろうか。

舞台に出るのが怖い。

わたしはミハルと手を握り合い、息を詰める。ミハルの顔はすっかり色を失っている。

挨拶や祝辞に続き、下士官による歌や演奏、寸劇、島の人たちによる踊りなど、出し物が続き、戦時中とは思えないほど明るい笑い声があたりに響く。

あの歓声は、わたしたちが出た途端なくなるのではないか。怒号に変わるのではないか。

盛り上がれば盛り上がるほど、おそれは大きくなっていく。

いよいよ、わたしとミハルの出番だ。からだがこわばり、足元がよろめいたが、ミハルが支えてくれた。ミハルは腹を決めたのか、わたしと違ってしっかりとした足取りだ。

わたしたちが舞台にあがると、兵隊たちが口笛を吹き、やんややんやと声を出した。

だが、島の人たちは、驚いて目を見開いたり、顔をしかめたりしている。珍しそうに見つめてくる子どももたちもいる。

一瞬たじろいだが、ミハルと呼吸を合わせ、わたしは目の前の観衆にではなく、遠く建物ごしに見える海に向かってうたう。

アリラン　アリラン　アラリヨ
アリラン峠を越えてゆく
わたしを捨てて　去く人は
十里も行かずに　足が痛む

アリラン　アリラン　アラリヨ
アリラン峠を越えてゆく
空には星が多すぎる
わたしの暮らしにゃ　苦労が多い

アリラン　アリラン　アラリヨ
アリラン峠を越えてゆく

実りの秋が近づいて
豊年万作うれしいね

アリラン　アリラン　アラリヨ
アリラン峠を越えてゆく
この世はすべてうたかたよ
流れる水のように戻らない

わたしとミハルが割れるような拍手喝采(かっさい)をうけた演芸会は、たったひと月前のことだ。毎日がさして変わりなく過ぎていくので、ずいぶん前のことのように思える。日が高くなったころに起きてからだを洗って食事をとり、たまに浜辺や峠で散歩をして、うたう。また食事をし、夕方から夜にかけて穴にされ、夜食を食べて眠る。火曜日に軍医が検診すれば、その日は休める。その繰り返しだ。

演芸会以来、島の人たちと顔を合わせることはほとんどない。瓦家にいる豚に餌をやりにくる女性をちらりと見かけることはある。また、建物の前でからだを洗っているときに少年にのぞかれることもあったし、浜辺や峠で目撃されることもあったが、そう頻繁ではなかった。遭遇すると、彼らは目をそらし、わたしたちがまるでそこにいないかのようにふるまった。いくらわたしたちに近づかないように言われているとはいえ、島の人たちが演芸会で拍手や喝采をくれたことを思い返すと、寂莫とした思いに沈んでしまう。

しょせん、わたしたちは、慰みものでしかなく、人間らしいまじわりを望むことは許されないのだ。

それでも、キヨさんとだけは一緒にうたったり、冗談を言い合ったりして笑っている。

「もっと歌を教えて」

そう言われて、わたしたちは、キヨさんの前で故郷の歌をもうひとつ披露した。桔梗の花の歌だ。

도라지 도라지 도라지
심심산천의 백도라지
한두 뿌리만 캐어도
대바구니로 반실만 되누나
에헤요 에헤요 에헤야

어여라 난다 지화자자 좋다
저기저 산 밑에
도라지가 한들한들

キヨさんは、この歌も気に入って、わたしたちと一緒にたびたび口ずさんだ。こんなに親しくいられることが、嬉しくてたまらない。キヨさんはわたしたちを、はけ口でも道具でもなく、ましてや穴でもなく、同じ人間で友達だと思ってくれているに違いない。

この小さな島に来て三か月あまりが過ぎ、だいぶ肌寒くなってきた。故郷や大陸に比べればあたたかいが、それでも本格的な冬が来たことがわかる。目覚めはことに空気が冷たく感じられ、布団から出るのが億劫(おっくう)だ。

床についてまもなく、わたしはスズキに起こされた。眠い目をこすって起き上がると、荷物をまとめるように言われた。

「すぐにここを出るぞ」

突然の移動である。大陸のときと同じだ。

いったい次はどこに行かされるのだろう。

ふさいだ気持ちで手持ちの荷物をまとめていると、キヨさんに借りた着物を未だ返していないことに気づいた。演芸会のあとも、シガ隊長から、「あの着物でうたうのが見たい」と言われ、幾度か袖を通した。だから、借りたままになっていたのだ。だが、直接手渡すことはできない。会うことなくここを去らなければならないのだ。キヨさんに別れの挨拶もできないなんて。

二度と会えないと思うと、朗らかなキヨさんの笑顔が目に浮かぶ。

この島でひととき味わったほのかな人間らしさも、あたたかいまじわりも、結局はこうして手放さなければならないのだ。

着物を手に取って、そっと撫でてから、畳の上に置く。そのままにして部屋を出ようとしたが、思い直して引き返し、風呂敷包みに着物を入れた。

わたしたちは真夜中に赤瓦の家を出て、スズキや兵隊たちとともに、船着き場に向かう。

ここにもっといたかった。この美しい小さな島が終の場所であってほしかった。

わたしは船に乗る前に島の方を振り返り、月明かりにうっすらと照らされる山と集落のかたちを、瞳の奥に刻み付けた。

五

海岸沿いの道を五分程歩き、集落のはずれを山側に曲がると、慰安所跡が目の前に現れた。

薄明かりの中、コンクリートの塀ごしに、平屋で四角い形状の白い建物が浮かび上がるように佇(たたず)んでいる。当時は屋根が赤瓦(あかがわら)の立派な建物だったらしいが、建て直されてトタン屋根の質素な家屋となっている。鉄の門扉は施錠され、建物の雨戸は閉じられ、誰かが住んでいる様子はなく、えらく殺風景だ。案内板もなにもなく、事前の知識がなければここに慰安所があったとはわからない。

さらに詳しく見ようとスマートフォンで光を門の外からあててみると、地面には苔(こけ)が生え、剪定(せんてい)されていない樹木が乱雑に枝を伸ばしていた。土地の広さは結構ありそうで五十坪くらいだろうか、もっとあるかもしれないが、はっきりとはわからない。ここと隣家を接収し、二軒が慰安所とされたそうだが、いま隣は民家となっており、そちらからは人の声が漏れ聞こえてくる。だが、あたりには人影がない。

女性たちが、まさにこの場所で、島の住民から隔離され、外出もままならずに性を奪われ続けたというのに、私は、なにも感じることができなかった。

あまりにも時間が経ちすぎたからか。それとも、名残がないからか。

あるいは私自身の問題か。

しばらく敷地内を眺め、想像力を駆使してみるが、やはり、ガマに入ったときに感じたような手ごたえはない。

諦(あきら)めてスマートフォンの灯を消し、その場を離れる。宿泊先の民宿に戻る道すがら、唯一開いていた食料雑貨を売る個人商店で缶ビールを一本買った。それから海岸沿いの道に出て、あずまやのベンチに座る。

今日も長い一日だった。だけどこれといった収穫はなかった。

そう思うと、疲れが急に押し寄せてくる。けれども、満天の星の下、薄墨色の海を眺め、打ち寄せては引いていく波の音を聞き、潮風にあたりながら、冷えたビールを飲んでいると、気持ちがしだいに癒(いや)されていく。体の力が抜けていく。

「ひとり？」

声をかけられ、心地いい時間がぶち壊しになった。声の方を向くと、自分と同世代かちょっと若いくらいの男性二人が、にやついた顔で至近距離に立っていた。ひとりは髭(ひげ)面で、ひとりは眼鏡をかけている。私は、応(こた)えずに黙っていた。

「俺たち、野郎だけなんだよ。寂しいから女の子と飲みたくて」

彼らも缶ビールを手にしていた。すでに酔っ払っているのか、へらへらとしている。

私はベンチから立ち上がり、「すみません、もう帰りますので」と平坦な調子で言い、歩き始めた。

「そう冷たくしなくても」

「せっかく声かけてあげたんだから、一緒に飲もうよー」

ふたりはしつこくついてきて、眼鏡の方が腕をつかんだ。私は男の手を激しく振り払う。勢いで、ビールが飛び散った。

「んだよ。ちょっと触っただけだろ。怒んなよ」

彼らを無視して今度は走り出した。男たちも追いかけてくる。

「減るもんじゃねえだろ」

「そうだよ、プライドたけーな」

私は、身の危険を感じ始めた。

「ついてくるのは、やめてくださいっ」

大声で叫ぶと、ふたりは足を止めたようだ。

「なんだよ、ブスっ」

「冗談だよっ。お前なんか相手にしねえよっ」

「誰かにやられちまえ」

背後から怒鳴り声がする。私は全速力で駆けてその声から遠ざかる。さっきはむしろ明るく感じた星あかりは頼りなく、私を覆う暗闇から必死に逃げた。民宿に着くと、持っていた缶ビールの中身は、こぼれてほとんど残っていなかった。

部屋に戻っても、しばらく心臓がどきどきして、落ち着かなかった。とりあえずシャワーを浴びてタブレットを手にしたが、気持ちがざらついてなにもできない。諦めて布団に入ったものの、なかなか寝付けない。恐怖がぶり返し、部屋に鍵がかかっているかを何度もたしかめる。女性が一人で旅をすると、こんな危険な目に遭うものなのか。

気を紛らわそうと、手元のスマートフォンでインスタグラムのアプリを開き、チャンソクのアカウントをチェックするが、物議をかもした投稿以来、更新されていなかった。

せっかく、私が沖縄で慰安婦の足跡を調べているのに。チャンソクのおかげで、ここに来ることになったのに。細いつながりを感じたかったが、それはかなわずがっかりだ。

今度はタイムラインを流し見る。すると、薫が浴衣姿で花火とともに写っている画像を見つけた。きっと恋人とどこかの花火大会に行ったに違いない。数日前の投稿だ。笑顔の薫を見て、彼女と交わしたメッセージを思い出し、ＬＩＮＥアプリのトークを開いた。

〈慰安婦って、性暴力、というか、性搾取だと思うんだよね〉

〈だから、案外、身近な問題じゃないかって思って〉

〈前に話したかもしれないけど〉

〈私、大学のとき、合コンで酔わされて、やられそうになって危なかったことがあって。ああいうこととも、つながっているんじゃないかって気づいて〉

あのときは他人事(ひとごと)だと思っていたけれど、私が今日遭遇したことは、薫が経験したことに近い。そして、私や薫が感じた恐怖以上のものを慰安婦の女性たちは感じていたに違いない。しかも、長きにわたってその恐怖は繰り返された。そう思うと、この恐れを知る女性の私こそが彼女たちの物語を書かなければと、あらためて気持ちが高ぶっていく。

私はふたたびタブレットを起動させ、取材の記録を始める。しかし、あずまやでの嫌な出来事が頭をかすめ、手がしばしば止まった。恐怖が蘇(よみがえ)り、それが徐々に怒りに変わっていく。

誰かにこの思いを伝えたいと、居ても立ってもいられなくなる。きっと薫ならわかってくれると、LINEメッセージを打った。

〔いま、話せる？〕

すぐに返事が来た。OKと書かれたパンダのスタンプだ。

〔電話してもいい？〕

〈うん、家で暇してるから、いいよ〉

私は、すぐさま薫にLINEアプリから電話をかけた。

「なんかあった？」

「あ、うん。いま、沖縄にいるんだけどね……」

「沖縄？　いいねー。夏休み？　誰と行ったの？　もしかして、新しい彼ができた？」

「あ、えっと、ね。ひとりで来たんだ」

「へ、ひとり？」

「うん……」

「そっか、そっか。ひとりになりたいときもあるよね。一人旅かぁ。かっこいいね。なんか、オトナって感じ。でも、もしかして、急に寂しくなって電話かけてきたとか？」

私は、ひとつ呼吸をしてから、えっとね、私ね、と続ける。

「さっきひとりで、ビーチで缶ビール飲んでたら、酔っ払った二人組の男に声かけられて、それがしつこくて。腕もつかまれて、すごく怖くて……。振り払って逃げてきたけど、いまでもドキドキしてるし、考えると腹も立ってきて、それで、それで、薫に電話したくなって」

「そうだったんだ。大丈夫？　そりゃ、電話かけたくなるよね」

「聞いてくれてありがとう」

「ぜんぜん、かまわないよ。そこに行ってあげたいくらいだよ」

優しい口調で言われ、思わずこみあげてくるものがあったが、洟をすすって、それでね、このあいだね、と続ける。

「チャンソクの投稿のこと、ＬＩＮＥで話したじゃない？　私、あれから、えっと、ね」

そこで息を吸う。

「えっと、慰安婦のことが気になって調べたの。そうしたら、慰安婦の人たちが戦時中、沖縄にいたことがわかって。それでっ」

ちょっと、ちょっと、と薫に遮られる。

「話がよく見えないんだけど」

「えっとね。実はね、私ね、えっと。前から小説を書いていて、新人賞に応募していて、けっこう、えっと、ね、わりといいところまで行っていて、あとちょっとでプロになれるかもしれないの。だから、次の応募に賭けているというか、良いの書いて受賞したいって必死なんだ……それで……いい題材がないかなって探していて……そんなときに、チャンソクの投稿を見て、薫とLINEで話したことがきっかけで……」

私は、慰安婦のことを応募する小説の題材に取り上げようとしていること、そのために沖縄に取材に来たことを話した。薫は、最初、ふうん、うん、へえ、そうなんだ、と相槌を打って聞いていたが、あとの方は黙って聞き役に徹していた。

「でね。薫が、性暴力とか性犯罪は、案外身近なことじゃないか、って言ってたでしょ。私、今日、その意味がよくわかった。薫も合コンで怖い思いしたって言ってたことも思い出して。だから、慰安婦の女性たちのことを書いて……」

そこまで言ったとき、それってさぁ、と薫が口をはさむ。

「やめた方がいいんじゃないかな」

はっきりとした口調で言われた。

「え、どうして」

「だって、韓国人で、アイドルっていうか、有名人のチャンソクが投稿するのと、葉奈が小説に書くのは、意味が違うじゃない？　私だって、もちろん、元慰安婦の女性たちに心を寄せたいと思うけれど、それとこれとは別でしょ。身近な問題としてとらえているのも事実だけど、そんなに簡単なことじゃないよ、慰安婦の問題って。だからあんなにネットで燃えるし、韓国と日本との関係もそれでぎくしゃくしてるんじゃない？　そんな題材を書くなんて、ちょっとありえないでしょ。小説の題材にして新人賞に応募するのって、スマートフォンのケースを買うのとはわけが違うし。チャンソクですら、あんなにバッシングされるのに、そんなリスクのあること、なんでわざわざするの？」

「だって、それは、誰かが伝えなきゃと思うし、いまの問題ともつながってるし……」

「そうかもしれないけど。私だって、あのサイトからスマートフォンのケースを買っても、インスタにはあげないくらいだよ。慰安婦のことは、一切口にしない。葉奈、そういう無鉄砲なこと、やめときなよ。慎重になった方がいいよ。私、葉奈がバッシングされて傷つくの、見たくないもん」

「でも……」

「葉奈のためを思って言っているんだよ。大事な友達だから」

「うん……」

「ぜったいにやめた方がいい。新人賞がどうのって、私にはよくわからないけれど、慰安婦のことには、素人がかかわっちゃだめだって。そんなヘビー級の題材じゃなくても、葉奈はきっとほかの話を書いたって、うまくいくよ、きっと」

「う、うん……」

「だけど、小説書いてるなんて。すごいね。知らなかった。なんで教えてくれなかったの」

「それは……えっと……恥ずかしかったから」

「恥ずかしいなんてことないでしょ。もっと自信持ちなよ。そういえば、葉奈、文章書くの得意だったもんね。私もレポート、やってもらったことあったよね。うん、絶対なれるよ、小説家。葉奈に向いているし。小説家の友達かぁ、なんか、気持ちあがるよ。応援しているからね。頑張ってね。そうだ、今度、書いたの、読ませてよ」

「あ、うん、そうだね。その……えっと……ありがとう」

「私は、いつでも葉奈の味方だからさ」

たしかに、薫はつねに相談に乗ってくれた。恋人と別れそうになったときも、転職のときも、母との関係に悩んでいることも。そして、彼女のアドバイスは的確で、したがうと、難局を切り抜けることができた。

「薫には感謝してるよ」

そう言いつつも、心の奥にちりっとした違和感が芽生えていた。

薫との電話を終えると、もやもやとした思いがふくらんでいった。

この題材で書くことを、否定されるとは思わなかった。だけど、薫の言うことは正しいのではないか。たしかに私はチャンソクと違って韓国人ではない。けれども、私だって相当の覚悟を決めて沖縄に来たのだ。知れば知るほど女性たちのことを書きたいという思いも強くなっている。

とはいえ、「ありえないでしょ」という薫の言葉が頭から離れない。

浅い眠りと覚醒を繰り返すうちに、いつの間にか部屋は朝日で明るくなっていた。

とにかく、取材を続けよう。たとえ信頼している薫の言葉であっても、彼女の言葉ひとつで揺らぐようではいけないはずだ。私の人生を切りひらくためにも。

朝食ののち、部屋で資料を読み返し、午前十時に民宿をチェックアウトした。そして、キヨさんの家に向かう。海岸沿いを歩きながら、昨晩の男たちにまた会ったらどうしようと不安になったが、穏やかで静かな凪の海を眺めているうちに気持ちが落ち着いてきた。

キヨさんの家は、慰安所跡の手前にあった。あいにくキヨさんは不在でがっかりしたが、畑にいると娘さんが教えてくれた。畑はキヨさんの家のすぐそばだった。

行ってみると、畑を仕切る金網越しに、ひとりのおばあさんが作業しているのが見えた。彼女がキヨさんだろうか。

「すみませーん」

金網のこちら側から声をかけるが、気づいた様子はない。私は、もう一度、すみませーん、と、最初より大きな声を出した。するとおばあさんは作業の手を止めて顔を上げ、こちらを見てくれた。

「キヨさんでしょうか？　ちょっとお話を聞かせてほしいのですが」

彼女は畑から道路に出てきてくれた。水色の水玉模様の手ぬぐいでほっかむりし、頭にはつばの広い帽子をかぶり、黒いズボンと白地に花柄のシャツに茶色いエプロンを着けている。腰が曲がり気味で身体は小さく、並ぶと私の肩ぐらいまでしか背丈がない。

「はいはい、なんでしょうね」

皺(しわ)の深く刻まれた顔で微笑むキヨさんはとても親しみやすかった。おかげで私の緊張はほぐれたが、それでも、質問の内容が内容だけに、いざとなるとやはり、簡単には言葉にしにくい。薫の、「慰安婦のことは、一切口にしない」という言葉も蘇る。しかし、このチャンスを逃すわけにもいかない。私は勇気を振り絞って、実は、と話し始める。

「あの……えっと、ですね。戦争中の……慰安婦の人たちのことを……朝鮮の女性たちのことを、お聞きしたくて」

「あの人たちのことは、よく覚えています」

キヨさんはこちらを気遣って、標準語でゆっくりと話そうとしてくれている。

「ここに座りましょうかね」

そう言って路肩に腰を下ろしたので、私も隣に座った。

キヨさんは、さまざまなことを語ってくれた。自分が女性たちを世話するようになったいきさつ、彼女たちの容姿、年齢、島での生活についてなどを詳しく教えてくれる。私はスマートフォンで録音をしながら、話に聞き入った。

「あの人たちは、よく歌をうたっていました」

そう言うと、キヨさんは、ゆったりとした調子でうたい始めた。かすれ気味の声が哀切なメロディにのって響く。

アリラン　アリラン　アラリヨ
アリラン　ゴゲロ　ノモガンダ
ナルル　ボリゴ　ガシヌン　ニムン
シムニド　モッカソ　パルビョンナンダ

「わあっ。お上手ですね」

私は、ぱちぱちと拍手した。なじみがある歌ではないはずなのに、どこか懐かしく、切なく心に響いた。そしてキヨさんが七十数年前に聞いた異国の歌を記憶していることに胸を打たれていた。

「やっぱり歌って覚えているものなんですね」

「はい、歌は世に残るものですね」

「女性たちは、この歌をいつもうたっていたんですか？」

「そうですね。軍の演芸会でもアリランはうたいましたよ。舞台の上で着た着物をわたしが貸しました。そのときは日本語でうたって、みんなが喜びました。だけど、練習していたのを聞いて覚えたのに、わたしはなぜか、日本語より、朝鮮語の方をよく覚えています。それからこの歌もよくうたって、わたしに教えてくれました」

トラジー　トラジー　トラジー
シムシムサンチョン　エベクトヲチ
ハンドゥプリマン　カイヨド
テバグニガスリサルサル　タノムヌンパ
エヘーヤー　エヘーヤー　エヘーヤー

キョさんは、すらすらと口ずさむ。私はふたたび拍手をした。

「あの人たちはちょっとでも酒を飲むと、朝鮮の歌をうたったり、踊ったり、笑ったりしていました」

「キョさんは、かなり親しくされていたんですね」

「家族みたいな気分で、何でも話していました。わたしたちが食料もなく苦しいのをあの人たちは知っていたし、わたしもあの人たちが辛いのを知っていて、同じ気持ちでした」

キョさんと慰安婦の女性たちのあいだにこのような心温まる交流があったことに驚く。

「だけど、あの人たちは、急にいなくなってしまいました。この土地に骨をうずめる覚悟だ、キョさんと一緒にここで死ぬんだよ、って言ってたから、あの人たちも、ここを離れることを知らなかったんじゃないですか。別れの言葉すら言えなかったことが、寂しかったです。いつものように食事を作るのを手伝いに行ったら、あの人たちはいなくなっていました。基地隊もいなくなっていました」

「この島には、三か月しかいなかったんですよね？」

「はい、それぐらいですかね」

「短かったんですね」

「もっと一緒にいたかったです。いまね、韓国に行けるでしょう。こういう時代が来るんだったら、あの人たち、日本語も上手だったし、言葉でも習っておけばよかったです。あの人たちは、いつも朝鮮の言葉で、自分たちで喋っていましたからね。こっちもよく聞いていたから……」

そこでひととき間を置いて続ける。

「長いことといたら、覚えよったはずだがねえ。心残りですよ」

キヨさんは、しみじみと言った。

「わたしは、あの人たちの辛そうな顔じゃなくて、笑ったりうたったり楽しそうにしていたことをよく覚えています」

キヨさんのその言葉にはっとする。

「演芸会で貸した着物と似たような柄のものが家にありますが、見てみますか」

そう言って腰をあげ、手押し車をつかんで歩き始める。私はキヨさんについていく。五分もせずに家に着き、私は玄関の前で待った。十分ぐらいして、キヨさんが、綺麗に折りたたまれた着物を持って出てきた。紺地に白の絣の柄で、とりたてて華やかな着物ではなかったが、若い子が着たら可愛らしいだろうと思った。

「これと同じような柄のを二枚貸したけれど、一枚だけしか返ってこなかったです。でも、どこかで着てくれてたら嬉しいですね」

私は撮影の許可をもらって、その絣の着物を、スマートフォンのカメラに収めた。それから、東京から持ってきた菓子折を渡す。

「そういえば、あの人たち、菓子をわたしによくくれました。軍の配給や兵隊からもらったものなんか」

「もらってとくに嬉しかったのは、なんですか」

「コンペイトウは、形と色がきれいで嬉しかったです」

そう言うと、キヨさんは、顔をくしゃくしゃにして笑った。

「お話を聞かせてくださり、ありがとうございました。またお会いしましょう」

「また来てください」

キヨさんは私の手を握ってきた。その手が小さくて、あたたかくて、なぜだかこみあげてくるものがあった。湿っぽくならないようにと顔を引き締め、はいまた、とキヨさんの手を包んで握り返した。

私は、あずまやの近くのカフェテラスに入った。そこで仲村さんと待ち合わせていたのだ。約束の時間にはまだ早かったので、ふーちばーピザを頼み、テラスから渚を眺めて待った。麗しく優しい海はいくらでも見ていられる。

ふーちばーとは沖縄産のヨモギのことだ。濃厚なチーズと香り豊かなふーちばーがたっぷり載ったピザは美味しく、私は一枚をペロリとたいらげた。ランチセットについた食後のアイスコーヒーをすすりながら、つい先ほど聞いたキヨさんの話を反芻する。

キヨさんの話してくれたことは、私が想像していたものとは良くも悪くも異なっていた。私は最初から、そして沖縄に来てからもずっと、彼女たちの不幸な姿ばかりを思い描いていたが、キヨさんの目に映った女性たちの姿は、明るく、楽しそうだった。私はそのことが少しショックだったのだ。

女性たちのことを知ったとき、書かれるべきだ、私が書かなきゃと感じた。悲惨な目にあっていた彼女たちの真実を物語にしようと思っていた。そう、その根本には「不幸な彼女たち」があったのだ。

考えてみたら彼女たちも船で一緒だった韓国人の女の子たちや私と同じ人間だ。笑ったり、うたったり、踊ったりするのは当然なのに、なぜ私は、彼女たちの不幸な姿だけしか見ようとしていなかったのか。

彼女たちの小説は、描かれるべき形が私の中で決まっていたが、それでいいのだろうか。いや、そもそも、彼女たちのことを、私に書く権利があるのだろうか。

思い悩みながらアイスコーヒーを飲み終えたころ、仲村さんが現れた。彼は痩せた初老の男性で、役場の元職員だ。ボランティアで島の戦跡を案内してくれるのだが、まずは、慰安婦を見たことのある恒一さんの家に連れて行ってくれることになっていた。仲村さんはなにかと恒一さんの手伝いをしているらしい。

恒一さんは、カフェテラスのすぐ裏の、親族の住む敷地の一角にある平屋の一軒家にひとりで暮らしている。当時は、少年義勇軍に属す軍国少年だったという。

訪ねると、恒一さんは私と仲村さんを居間に通し、お茶を出してくれた。それから安楽椅子に深く座った。八十九歳の恒一さんは、脚が弱くなっているようだが、体格もよく、かなりしゃんとしている。ぱりっとしたシャツにスラックスといった姿で、補聴器をつけてはいるものの、言葉も明瞭で、年齢を感じさせない。穏やかな表情は、キヨさん同様、こちらの緊張を解いてくれる。

恒一さんとはす向かいになる形でソファに腰を下ろすと、すぐ横の壁には㋹といわれる特攻艇の写真が画鋲で張ってあった。特攻艇は木製で、いま見ると信じられないほどちゃちなつくりだ。

「当時、その特攻艇を隠すための壕を朝鮮人軍夫が掘った」

恒一さんが語り始める。

「慰安婦だけでなく、朝鮮人の軍夫のこともはっきりと覚えている。慰安婦のことは、とくに軍の演芸会で見た姿が忘れられない。着物姿でうたったふたりは、色白で目を見張るほどきれいですらっとしていた。私は、一目見て大好きになった。彼女たちの歌声は、情感豊かで、軍人も島民も、みんなが大喝采した。日本語のアリランは、郷愁を誘ったんでしょう。涙ぐんでいる兵士もいた」

彼女たちは島にある峠が故郷に似ているとして、アリラン峠と呼んだという。そしてそこは、のちに軍夫たちも通った場所だった。部隊の編制が変わり、基地隊とともに朝鮮人の慰安婦が去ったあとに、軍夫たちは特攻艇の秘匿壕を掘るためと、それに伴う雑役を担うために朝鮮半島からこの島に連れてこられた。彼らも同じように峠でアリランの歌を母国語でうたったが、軍人が通ると即座に日本語の軍歌に替えたそうだ。

三月二十六日に海岸に米軍が現れた。恒一さんはそのとき、恐怖とともに、真っ黒な軍艦に埋め尽くされた海をとても狭く感じたという。米軍の上陸部隊はすぐに海岸を占領し、村まで進撃する一方、艦砲射撃を繰り返した。そしてたった一日で島の大部分を占領し、日本軍は島の中央に退却した。集落は吹き飛び、山林は焼け、島じゅうがあかあかと燃え盛った。軍事施設も特攻艇も壊滅的な打撃を受け、逃げまどった島民と軍人は、山間部の洞窟や塹壕に隠れた。

そこで恒一さんは、日本兵による殴る蹴るの暴行や、食事を抜くせっかんなど、朝鮮人軍夫が人間扱いされていなかったのをその目で見たという。戦時中は、日本人が一等、沖縄人が二等、朝鮮人が三等国民とされていた。

米軍上陸後、投降することを厳しく禁じられた島民や兵士、軍夫は、飢えと恐怖に耐えながら隠れ続けた。そんな中、畑からくすねたさつまいもを隠し持っていた者と、食料収集に出されたが時間内に戻らなかった者、合わせて十名前後の朝鮮人軍夫が後ろ手に縛られ、兵士により銃殺された。そのとき現場で穴を掘って彼らの亡骸（なきがら）を埋めたのも軍夫たちだった。また、壕掘りや人足の必要がなくなり足手まといになった軍夫たちを、山の中に自ら掘らせた穴に日本軍が監禁した。それらの出来事は、島民に目撃されていたという。

軍夫のみならず、島民も軍に食料を取り上げられたり、壕を追い出されたりしそうになった。恒一さんも自ら死ぬことを迫られ、危うく逃れたそうだ。米軍に投降したのが見つかり、日本軍に虐殺された島民もいる。

私は恒一さんの家を出たあと、のぼせたようになっていた。まるで湯あたりしたときのようだ。この島で起きたことがすさまじく、話にあたってしまったのかもしれない。

自販機で冷たいペットボトルのさんぴん茶を買って飲み、一息ついてから、仲村さんの運転する白い軽トラックに乗った。

「戦争中にここで起きたことを本土の人にもっと知ってほしい」

仲村さんは、伝えたい思いがほとばしって、早口になっていた。

着いてみると、アリラン峠は、海がよく見えるということ以外、拍子抜けするほど特徴のない場所だった。自然のままに茂る林を両脇に、道には雑草が生え、それほど広くない。ただ、この光景は、当時とそう変わっていないだろうと思われた。そして、このありきたりな峠に故郷を重ねたことが、かえって慰安婦や軍夫たちの強烈な望郷の念を物語っていた。

私は、通り抜ける風を感じ、汚れなく美しい紺碧の海を峠から見下ろしながら、先ほど聞いたキヨさんの歌声を思い出し、心のうちでアリランのメロディを奏でていた。それから、若い女性の柔らかい声や汗にまみれた男性たちの野太い声をそこに重ねようとする。

「この島で起きたことはテレビ番組で取り上げられたり、ドキュメンタリー映画になったり、記事に書かれたりしていますが、現場にも人が来られるように、慰霊碑を作りたいんです。ここにいた朝鮮人慰安婦や軍夫のことが忘れられないように」

残酷な歴史の事実と、たしかにここにいた彼女たちを記憶しておくために、私も役に立ちたい、と強く思う。彼女たちの物語を書いて、なんとしても世に出さなければならない。迷いは消えていた。

「さて、フェリーが出るまで、まだ時間があるでしょう。車で島を案内しますよ。行きたいところはありますか？」

私は仲村さんの言葉に甘えて、特攻艇の秘匿壕跡を見てみたいと答えた。

軽トラックは海沿いを走り、海上に延びる道路に入って行った。するとまもなくして道路と平行に激しく切り立った崖が現れた。崖に沿っていくと、間隔をあけていくつもの大きな穴が、ぼこっ、ぼこっ、とあいていて、海に面して連なっている。

「この穴が、秘匿壕跡です」

「思ったよりも、不ぞろいなんですね」

離島の岩肌は、七十年以上経っても、むきだしで傷跡をさらし続けている。まだなにも癒されていない。

「最後に気持ちのいいところに行きましょうか」

仲村さんはそう言って、島の西側にあるビーチに連れて行ってくれた。

そこは、美しい、という形容がはまりすぎるほどはまる海岸だった。まさに、ひとびとが沖縄をイメージするときに思い浮かべる、エメラルドグリーンの海と白い砂浜が目の前に広がっている。人も少なく、グラビア撮影などがどこかで行われていても不思議ではない。

この透き通る海の色と遠浅の砂浜に、秘匿壕跡も、慰安所跡も、まったく調和しない。同じ島に、これらが同居するいびつさがいたたまれない。それでも、やわらかな潮風と海に反射する陽光のきらめきは、そのいたたまれなさすら、抱き包んで慰めてくれる。

フェリーの時間が迫り、ビーチに別れを告げ、船着き場に向かった。仲村さんにお礼と挨拶(あいさつ)をして、フェリーに乗り込む。船室に入り、窓際に席を取る。ガラス越しに小さくなっていく島のかたちを目に刻む。やがて島は見えなくなり、ひたすら海原が続く。

私は深く座りなおし、背もたれに頭と体を預けて目を閉じる。崖にあいた秘匿壕跡の大きな穴の様子が瞼の奥にこびりつき、なかなか消えなかった。

六

大陸から来たときに立ち寄った大きな島にふたたび来た。そこは、変わらずがれきだらけで、穴だらけだった。わたしたちは、爆弾を浴びておらず無傷だったそれほど広くない民家に落ち着いた。スズキが即席で作り変えた部屋を細かく区切って使わされた。そこにはろくな布団もなく、畳敷きの上に布を敷いただけで、男たちを受け入れなければならなかった。しかも、隣の声がなにもかも丸聞こえだった。アケミは板の廊下、シノブは土間をあてがわれていたから、わたしはまだましな方なのかもしれない。近くには寺があった。わたしたちは、観音様のお膝元で、毎日のように穴にさせられている。

通ってくるのは、前にいた小さな島と変わらない連中だった。部隊についてきたから、顔なじみの将校や下士官がやってくる。相変わらず夜だけで済むのは大陸のときよりからだが楽だが、あの小さな島とは勝手が違って、交代で井戸に水汲みに行くほかは、ほとんど外に出られず、窮屈で居心地が悪い。食べ物も日に日に乏しくなって、一日一回の缶詰食が出ればありがたい、といった具合だ。

ある日わたしはコマチとミハルを誘って、昼間にスズキの目を盗んで抜け出し、タンディを探しに行った。外といっても、一里も行くわけではない。道に迷っては困るから、周辺をうろうろしただけだ。

外の世界は崩れた建物が目立ち、荒れていたし、遠くに艦砲射撃の音もする。それでも、閉じ込められているよりは、ずっとずっとましだ。万が一、爆弾が当たってもかまやしない。それはそれで運命だ。

目当てのタンディはどこを探してもなかった。それでも、わたしたちは外に出た解放感で気分がよかった。いっそ、このまま逃げてしまおうかという思いが頭をかすめる。

わたしがなにげなく小声でアリランを口ずさんだら、コマチもミハルもわたしに合わせてうたった。小さな島でうたって以来、声に出してうたってはいなかった。故郷の言葉だけでなく、内地の言葉でも、歌をうたうような余裕は、ここではまったくなかった。わたしたちは久しぶりにうたうのが嬉しくて、立ち止まってはまたうたった。

不意に小石が飛んできて、わたしの頭に当たった。振り向くと、十歳にも満たないであろう少年が、こちらを睨んでいる。

「チョーセンピー」

憎々しげにののしると、走り去っていった。

小石の当たったところは、かなり痛く、手を当てると、すこしばかり血がついた。わたしは持ち歩いている瓶を懐から出し、ひまし油をコマチに傷口に塗ってもらった。しかし痛みはじんじんと広がっていく。

しょせん、逃げたところで、ひどい目にあうのだ。スズキのもとに帰るしかない。わたしたち三人は、言葉なく、仲間の女たちのいるところに戻っていく。

それからは、二度と外に出なかった。水汲みも仲間に頼んだ。歌も声に出してうたわない。心の中でひとりうたうだけだ。

あの小さな島で、キヨさんとうたった日々が懐かしくてたまらない。

軍医の診察を四回受けたから、ここに移ってひと月あまりが経っただろうか。わたしたちはまた部隊とともに移動した。今度は、トラックに乗せられた。着いたのは、広い軍の壕だ。

壕の中は、通路を経て細かく部屋のように分かれていた。足元はぬかるみ、水が天井から滴り落ちて、空気はつねに湿っている。

わたしたちは、排泄物の臭いが鼻をつく狭い一角に押し込められた。仕切りをたてられ、板にむしろを敷いて、蠟燭のわずかな灯だけの薄暗い中、到着したその日から股を開いた。いくら岩の上に板を置き、むしろを敷いても、背中にごつごつとしたおうとつが当たり、痛くてたまらない。一回一回の苦行は、ここに極まったかのように、しんどかった。赤く腫れ、擦れて皮がむけた肌にひまし油をいくら塗っても、すぐまた赤くなり皮膚がはがれ、痛みが重なっていく。

どこに行ってもやらされることは変わらない。大陸の前線にいたときのように、穴の中で、穴にさせられる。しかもここは巨大な穴だ。

敵が島を襲い、とうとう姿を見せたと、コハナ姉さんが将校のひとりから聞いて教えてくれた。わたしたちを連れて部隊がここに移ったのも、押しやられてのことらしい。

シガ隊長は苛立ち気味で、粗暴になることが多かった。

からだがぶつかる音が、男が出し入れする音が、荒い息遣いが、閉ざされた空間にやけに響く。組み敷かれ、穴にされながら、うっすらと、とうとう死ぬことになるかもしれないと思う。

別にそれでもかまわない。生きるも死ぬも隣り合わせにあり、そこに垣根はない。死んでこのくびきから逃れられるなら悪くない。どうせ故郷とは縁が切れた。果てた地で灰になり、土になり、肥やしになるのだ。ひまし油の瓶を眺めては、死んでいったスンヒを羨んだが、もうすぐ自分も楽になれると思うと、喜びすら湧いてくる。

それから三日後か四日後か、昼夜がわからないから、定かではない。爆音がひっきりなしに聞こえるようになり、いよいよ敵がごく近くに迫ってきた。壕に火炎放射を受け、たくさんの者が死んだ。スズキの行方も不明だ。

わたしたちは着の身着のまま、この壕も出ることになった。わたしはせめてもと、キヨさんに借りたままの着物を重ねて羽織り、シガ隊長率いる部隊の男たちについていく。とにかく南へと自分の足で向かう。

壕の外は、砲弾が飛び交っていた。耳をつんざくような爆発音に、足がすくむ。死んでもいいなんて、間違っていた。死が身近になると、なんとしても死にたくないと思ってしまう。

目の前に誰かの腕がちぎれて飛んできた。ひっと、息を呑んだすぐそのあとに、ぐにゃっとしたものを踏みつけていた。それは見知らぬ女の死体だった。腹に穴があき、腸が飛び出ている。わたしはその穴に足をつっこんでいた。赤黒い血や内臓や肉片が、べっとりと足首、着物の裾にまでついている。恐怖で顔がひきつり、気を失いそうだ。

「はやくっ」

コハナ姉さんに肩をゆすぶられ、自分がたちすくんでいたことに気づく。

わたしは、足を持ち上げ、駆け出した。いくつもいくつもそこらじゅうに転がる、ばらばらになった手や足、頭、胴体を蹴り、踏みつけ、越えていくうちに、なにも感じなくなっていった。ただ、そこに生が尽きた肉体が横たわっていて、それは、がれきや倒れた木となんら変わらないように思えてくる。兵隊なのか島の人なのか、男なのか女なのか、大人なのか子どもなのか、いちいち考える余裕などない。ただただ、逃げる。

降り始めた小雨がやがて大雨になり、道々は泥が流れ、歩行を困難にする。無数の砲弾の穴に足をとられ、ころんでは起き上がる。

砲弾を避け、累々と並ぶ死体を踏み越え、必死に男たちについていく。靴が脱げ裸足になり、運よく途中にあれば死体やちぎれた足に履かれた靴をもらい、水筒の水を失敬した。自分が生きることしか考えられなくなっていた。

やがて小さな壕に男たちとともに入ると、そこは病人と島の人たちであふれていた。男たちが懐中電灯を向けると、怯えて震えながら、からだを寄せ合っている。

軍服を着た男たちは、怒鳴り散らし、おどしつけ、女子どもや老人ばかりの彼らを入り口近くに集めた。ニシヤマの声が際立って聞こえた。ニシヤマは、島民を仕分け、「狭いから出て行け」と命じると、ほらっ、ほらっ、と掌を前後にふり、自分は奥に入っていく。

「お前たちも、早く来いっ」

ニシヤマが中から大声で叫ぶので、続こうとしたが、ふと気になって振り返ってみた。すると蠟燭に照らされた島の人たちの姿が目に入った。険しい顔でこちらを睨んでくる。ずぶ濡れの服から水が滴り落ちている。

わたしは、前に向き直り、針を刺されるような痛みを胸に感じながら、細く狭い洞窟を抜け、壕の奥深くにたどり着く。そこでわたしたちは、部隊の男たちとともにひとつところに落ち着いた。女たちはみな無事だったが、何人かの男たちの姿は見当たらなかった。

すこしして、深手を負った兵隊たちが次々に、壕に運ばれてきた。わたしたち女は奥から出て、残っていた島の女たちと一緒に、けが人に水を与えたり、包帯を巻いたりした。薬はほとんどなかったが、軽傷の男には、持っていたひまし油を塗ってやった。そして、股を消毒していた、薄めたクレゾールで包帯を洗った。

わたしが右目を傷めた男に包帯を巻いていると、コユキが血相を変えてやって来て、その患者に、オオモリ中尉の安否を尋ねた。すると隻眼の男は、「オオモリ中尉は弾に当たって死んだ」と言った。

「アイゴー」

故郷の言葉を漏らし、泣き崩れたコユキは、ひとしきり涙を流した後、隻眼の男からオオモリ中尉の果てた場所を聞くと、わたしたちが止めるのを振り切って、壕を出て行った。

コユキは情が深かったが、まさか後追いをしてしまうなんて。

わたしは、深いため息を吐く。

さらに、馴染みになったヤマダが斬り込み隊の戦友の死を見届けるため壕を出ると知ると、ミハルは、「ヤマトナデシコはついていく」と言って、ヤマダと手を取り合って壕から去ろうとする。わたしはもはや引き留める力が出なかった。コハナ姉さんも、ほかの女たちも黙ってミハルを見送った。「ヤマトナデシコになる」と日ごろから口癖のように言っていたミハルの決心が固いのを知っていたからだ。それに、ずっと振り回されて何も決める権利を持たないわたしたちは、ミハルが最期を、せめて自分の命のゆくえを、自分で決める自由を妨げたくなかったのかもしれない。

　しかし、いよいよミハルが壕を出ようとすると、意外なことにミハルと折り合いの悪かったシノブだけが、「行くんじゃないよ」とミハルの手をつかみ、強く引き留めた。ミハルは、「大丈夫」とシノブに笑顔を見せ、懐から軍票の束を出して、シノブに持たせた。

「シノブ姉さんは、ぜったいに生き残ってね」

　そう言って背中を向けると、出口に向かった。

　翌日になって、コユキは弾が当たり腹に穴があいて死に倒れ、ミハルは爆死してからだがばらばらにちぎれていたと、下士官のひとりから聞いた。女たちは、それぞれが口々に、哀切な声でアイゴーとつぶやいていた。泣いているものもいた。一番声をあげて、ちくしょう、と悪態をついていたのは、シノブだった。

　わたしは、自分が踏みつけた遺体や、飛んできた腕のことを思い出したが、不思議なことに、衝撃も受けなければ、悲しくもなかった。

　心の穴がひとまわり大きく、より深くなっただけだ。

　しばらく壕にとどまった。少なくともここにいれば、死ぬことはない。もう股を広げるようなこともなく、わたしたちはひたすらけが人の看護にあたった。

みな、外から聞こえる銃弾の音に怯え、ただ息をするのに精一杯だった。壕の中は、猛烈な悪臭が漂い、うめき声がそこかしこから響き、殺気立っている。けが人は衰弱し、傷口から蛆(うじ)がわく。その蛆を無心に取り除いていると、いつの間にか死んでいることもあった。

食べ物も心もとなく、水も豊富にはない。だが、壕からは出られない。軍服の男たちは、夜に島の人たちに食料を取りに行かせ、まだ年端もいかない五、六歳かそこらの少年にまで水を汲みに行かせた。その少年は、故郷にいる弟に面立ちが似ているような気もするし、わたしに石を投げた男の子とそっくりにも見えた。少年は膝をすりむいており、破れたズボンから見える傷口からは膿(うみ)が出ていて、とても痛そうだ。忍びなくて、人目を避けて近づき話しかけると、少年は警戒して離れようとする。わたしは慌てて腕をつかみ、膝の傷を指さす。そして、懐からひまし油の瓶を出すと、ぎょっとした顔でこちらを見つめている少年に強引に持たせた。

わたしとコマチはあふれるほど糞尿(ふんにょう)が入ったバケツを両手に持ってひきずるように運ぶ。アケミとシノブが手にしているバケツには切断した患者の手足が入っている。その中には、わたしにコンペイトウをくれた下士官の左足も含まれていた。わたしは、日に何度も糞尿だったり手足だったりを運んでいるうちに、ちょっと前まで血が通っていたからだの一部が、いまやただの重いゴミにしか思えなくなっていた。体格のいい人間の手足を切断しないでくれればと願うほどに人間としての感情が麻痺(まひ)してきていた。

わたしたちはこれらを捨てるために、壕の外に出た。コハナ姉さんは、足りなくなっていた水を島民と一緒に汲みに行っていた。明るいうちは敵に見つかるからと、戦闘が止む日暮れを待って地上に出ることにしたのだ。バケツの中身を捨てる場所は壕の近くにあり、水が湧く泉はすこしばかり離れている。

急こう配を上るのに、前日までの雨で足元はぬかるみ、バケツは重く、あやうく滑りそうになったがもちこたえた。けれども、わたしに続いて最後尾にいたコマチはよろめき、バケツの中身をこぼし、自分でかぶってしまった。

コマチは膝を折り、アイゴー、と泣き崩れる。

「もういやだっ。いつまで続くんだろう……」

しゃくりあげながら言った。わたしは足を止めて振り返り、わずかに平らな場所を見つけてバケツを下ろすと、コマチを抱きしめ、背中をさすった。

「姉さん、汚れちゃう。大事な服でしょう？」

コマチがつぶやいたが、わたしは彼女が落ち着くまで抱き続けた。

見知らぬ人の臓腑、患者の血、自分の汗。そして糞尿。キヨさんから借りたままの着物には、ありとあらゆるものが染みついてしまった。これらを綺麗に洗い流せる日は来るのだろうか。そんな日を想像することはできそうにない。

「はやく、はやく」

先に上っていったアケミが戻ってきて、声を潜めつつ、わたしたちを促した。わたしとコマチは立ちあがり、ふたたび上り始める。コマチがわたしのバケツを片方、空となったものと交換してくれてちょっと楽になった。

四人がそれぞれのバケツの中身を廃棄場所にあけていると、突然あたりが昼間のように明るくなった。敵の照明弾だ。

すぐさまバケツを放り投げ、草むらまで逃げ、低く身を伏せて隠れる。するとまもなくして、ぴゅーっという艦砲射撃の音が聞こえ、続いて砲弾が爆発した。どのあたりかはわからないが、それほど離れていない場所に落ちたようだ。

コマチと手を握り合い、息を呑み、じっとしていると、何度か照明弾があがっては激しい爆発音が続き、地ひびきが届く。唇が震え、歯がかちかちと音を立てる。目の前は草が茂っているだけの景色なのに、たしかにすぐそこにある恐怖で、からだがこわばっていく。

そのうちに照明弾があがらなくなり、闇夜にたちもどり、完全な静寂が広がっていく。それでもわたしたちは、しばらくそのままそこにとどまった。

どれくらい身を潜めていただろうか。おそらく一時間は我慢して隠れ続けた。目が慣れてくると様子がうかがえるようになる。けれども念のためさらにしばらく隠れた。

カエルの鳴き声がしきりに聞こえてくる。わたしたちは、もういいだろうと、四人かたまって壕までの道を引き返す。身軽な方が逃げやすいと、放ったバケツを捜すことはせず、手ぶらだった。急ぎ足ながらも、息を殺し、なるべく気配を消して歩いた。しかし、月明かりに照らされた道中に横たわる遺体は、ずっとそこにあったもので、新しくはない。砲弾が落ちたのは、案外遠くだったのかもしれない。

緊張がゆるむと、喉が渇いてたまらなくなった。

「水を飲んで帰ろう。コハナ姉さんも水汲み場にまだいるかもしれないし」

わたしの提案に、みながうなずき、方向を変え、泉に向かった。水汲みに出たことのあるシノブに道案内してもらう。

泉のそばまで来ると、何人かが横たわっているのが見えた。

「もしかして」

わたしたちは、足を止め、顔を見合わせた。みな、口にしないが、倒れているひとびとの中に、コハナ姉さんがまじっているのではないかと不安でたまらない。

息を止め、目を凝らしてみるが、倒れているのは、黒っぽい影のようで、服も見分けがつかない。男か女かももちろんわからない。

コマチが先んじて駆け寄っていく。アケミとシノブも続く。わたしはなぜか、動くことができなかった。三人は、倒れているひとりひとりの顔をたしかめている。ひとり、ふたり、三人目で、コマチが、わーっと叫んで、伏せって動かないからだを揺さぶる。

「姉さんっ、姉さんっ」

アケミとシノブもしがみつき、三人が泣きくずれた。

わたしもゆっくりと近づいていく。コハナ姉さんは、うつぶせで、目を開けたままこと切れていた。背中に弾の破片が突き刺さり、誰かをかばうように抱いている。よく見ると、コハナ姉さんの下にいたのは、わたしがひまし油の瓶をあげた少年だった。彼は、眠るようにして死んでいる。そして、少年とコハナ姉さんのまわりには、軍票が散らばっていた。

軍票を一枚拾うと、猛烈な怒りがこみあげてきた。

花札をし、たばこを吸い、酒を飲んで明るくうたい踊るコハナ姉さんの姿がまぶたの奥に浮かぶ。わたしたちをいつもまとめていたコハナ姉さん。美しい小さな島の土になる、肥料になると言っていたのに、こんなところで息絶えるなんて。

わたしは軍票を勢いよくちぎり、そのへんに捨てる。もう一枚、また拾い、破いて投げる。三枚目を手にしたところで、シノブがわたしを制した。

「なにをしてるの。姉さんが稼いだ大事なものでしょ」

わたしはシノブに向かって薄く笑った。わたしの手元にはとっくに軍票なんてない。どこでなくしたかも覚えていない。

「こんなもの……」

それ以上は言わず、シノブが軍票をかき集めるのを眺めていた。シノブは軍票を大事に持ち歩いている。軍票をお金に替えて、故郷で店をやるのだと、しょっちゅう数えていた。

「コハナ姉さんは大陸で子を産んだって、あたしにだけは話してくれた。ひきはなされたけど、生きていたらこの子くらいになってるって。姉さん、あたしに、必ず子どものもとに帰るんだよ、って言ってた」

アケミはそう言うと、コハナ姉さんのからだをさすって、アイゴーと大粒の涙を流している。

わたしはため息を呑み込むと、少年のズボンのポケットをまさぐり、ひまし油の瓶を取り出し、モンペの中にしまった。それから、少年の頭をなで、故郷の弟のことを想ったが、弟の顔を思い出すことはできなくなっていた。

悲しさを感じられず、ひたすら空虚だった。乾いた怒りで、身も心も疲弊しきってしまっている。

泉の水を手ですくい、ごくごくと飲む。どんなに水を飲んでも、渇きは収まらない。潤うことなく、心の穴から水が流れ出ていく。

コマチ、アケミ、シノブもわたしに倣って飲んだ。それから互いに言葉を交わすことなく、転がっていた桶を拾い、水を汲み始める。

わたしたちは、コハナ姉さんをそこに残し、桶いっぱいに汲んだ水を持って、壕に帰った。

壕に入ると島民の生活する場所がまずあり、その奥が二手に分かれ、右に行くと病棟、左に進むと部隊の居住する場所となっていた。病棟とはいっても、軍医は一人しかおらず、医療品もたいしてなく、島の女たちやわたしたちのような即席の看護婦が世話をしているので、きちんとした治療や介護など、とうていできなかった。しかも灯もろくになく、暗い。昼間に天井から入る光があって、やっとなんとか処置ができるといった具合だ。

わたしは、壕に戻るやいなや、ランタンを携えて、汲んできた水の入った桶を病棟に持っていく。コンペイトウをくれた下士官が左足を切断して高熱を出し、しきりに、水、水、とうわごとのように言っていたので、まっさきに飲ませてやりたかったのだ。

急に周囲が明るくなって、懐中電灯と洗面器を持った軍医が病棟に現れた。こんな真夜中に来るなんて、めったにないことだ。どうしたのだろうか。

「なにしているんだ。お前ひとりか？」

軍医は、わたしの顔に懐中電灯を当ててきた。

「はい。水を……飲ませに……」

「なんだ、お前、歯を折ったのか？　口のまわりが血だらけだぞ」

眼鏡のつるをつかんで、こちらを見てくる。

わたしは口に手を当て、歯を触り、唇を拭った。痛いところなどない。歯もちゃんとある。

手の甲が赤くなっているのを見て、そうかと合点し、桶の中を見る。わたしの視線を追い、軍医も懐中電灯をわたしの持つ桶に当てた。そこには、赤い液体が入っていた。暗くていままでまったく気づかなかった。

「それを飲んだのか？」

きっと泉の水に、死んだ人たちの血がたくさんまじっていたのだ。泉では、あまりにも喉が渇いていたからか、水の味なんて認識できず、血がまじっているなんてわからなかった。そういえば、泉のまわりには、遺体がいくつもあった。

しかし、それが判明したところで、なんとも思わない。驚くこともなければ、気持ちが悪いわけでもない。感情は摩耗していて、よほどのことでなければ、心が動かない。コハナ姉さんの血でもない限り、知らない人の血を飲むぐらいどうってことない。

「まあ、いい。ちょっとこっちに来い」

そう言って、軍医はわたしを手招きする。ついていくと、粉の瓶と、白い液体の入った洗面器を差し出してきた。

「敵が近くまで来ている。よって、この壕からただちに出ることになった。それで……だ。これを、動けない患者たちに飲ませろ。この練乳に混ぜればいい。よし、お前に頼んだぞ」

軍医は、わたしが怪訝そうな顔をしたのを見逃さなかった。

「いいか、すぐに始めろ。混ぜるのを見届けたら、先に行っているからな。終わったら、出てこい。すぐに出発だ」

わたしは、掌の上の薬瓶を握りしめる。ひやりとした感触に寒気が走った。きっと、これは、青酸カリだ。以前大陸で男が見せてくれたことがあり、覚えている。ほんの少し口にしただけで死ねるんだ、とその男が得意げに話していた。捕虜になりそうになったらこれを飲むんだ、とも言っていた。

軍医は、わたしに、殺人を押し付けるつもりなのだ。よりによって、敵ではなく、友軍の兵隊を。

冗談じゃない。そんな役割はまっぴらごめんだ。さんざんわたしを穴にし、搾取し続けた男たちだけれど、殺してしまったら、今度はわたしが彼らに対して罪の意識を負うことになる。そんなことは耐えられない。これ以上わたしを苦しめないでほしい。

踵（きびす）を返し、軍医の目を盗んで粉の瓶を懐にしまい、かわりにひまし油の入った瓶を取り出した。瓶の色かたちはほとんど同じだった。

わたしはふたを開けて瓶を傾け、中のひまし油を洗面器の中の練乳にあけた。粉でなく液体であることが軍医から見えないようにと細心の注意を払い、洗面器に深く瓶を入れた。幸い、気づかれなかったようだ。

軍医はわたしがひしゃくで練乳をかき混ぜているのをたしかめると、病棟を去った。

わたしは、ランタンを持ってただちにコンペイトウをくれた下士官のところに行った。彼は朦朧（もうろう）としているように見えたが、意識はしっかりとあった。

「これ、飲んでください」

ひしゃくに入った練乳を口元に持って行くと、押し返された。

「聞こえていたよ。ここに薬が入っているに違いない。きっと青酸カリだ。これを飲んだら死ぬ。部隊はこの壕から出て行くんだろう？　俺たちが足手まといだから始末するんだな？」

わたしは、応（こた）えずに黙っていた。

「死ぬのは、むしろ、誇りだ。それに足がないまま生き恥をさらしたくはない」

そこまで言うと、声を詰まらせ、だ、だけどな、とつぶやくと、わたしにだけ聞こえるほどの小声で、やっぱり、と続ける。

「死ぬのはこわい」

わたしはかすかにうなずき、男の目を見つめた。男は目のふちに涙をためている。この男の気持ちは理解できる。わたしだって死ぬのがこわくて、ここまでみじめに生きながらえている。

「俺は、コジマシンノスケ、だ。なあ、これを飲むしかないのはわかっている。だから、その前に、コハルのほんとうの名前が知りたい。朝鮮では何て呼ばれていたんだ？」

コジマは、消え入りそうな声で頼んでくる。けれども、本当の名前なんて、言いたくない。

目の前の男を不憫だと思うし、コンペイトウをもらったことは嬉しかった。だからと言って、いまここでわたしの心を開きたくはない。からだを奪っただけでじゅうぶんではないのか？　まさか、心まで差し出せと言うのか。すべてを搾り取るつもりなのか？

わたしは、大事な本当の名前を明かせというのか?

わたしは、オオモリを追って死んだコユキとは違う。男たちに情がうつることは断じてない。ミハルみたいに、からだも心も、なじむ、ことなんてありえない。だから、大切な名前を告げるわけがない。黙っていると、コジマは、そうか、と目をしばたたいた。

「わかった……名前はいい。じゃあ、せめて最後に、あの演芸会でうたった歌を、聞かせてほしい」

わたしは、首を振って、拒んだ。

「一節だけでいい」

弱々しい声ながらも食い下がるコジマにうんざりする。わたしはどこまで行っても、男を慰め続けなければならないのか。

「お願いだよ。ここにいるみんなも聞きたいはずだ」

コジマの言葉に、たのむ、うん、そうだ、うたってくれ、とあちこちから声が聞こえてきた。

「コハル、たのむ」

わたしはコジマから視線をそらしてうつむく。すると、膝から下のないコジマの左足が目に入った。

観念して、大きく息を吸った。

アリラン　アリラン　アラリヨ
アリラン峠を越えてゆく
わたしを捨てて　去く人は
十里も行かずに　足が痛む

アリラン　アリラン　アラリヨ
アリラン峠を越えてゆく
空には星が多すぎる
わたしの暮らしにゃ　苦労が多い

アリラン　アリラン　アラリヨ
アリラン峠を越えてゆく
実りの秋が近づいて
豊年万作うれしいね

アリラン　アリラン　アラリヨ
アリラン峠を越えてゆく

　この世はすべてうたかたよ
　流れる水のように戻らない

壕の中は歌声がよく響く。わたしは、内地の言葉の歌詞も、ちゃんと覚えていた。コジマはわたしの歌を聞き終えると、涙を流して感じ入っていた。嗚咽している男もいた。アーリラン、アーリラン、と、うたい始める輩もいる。おかあさーん、と叫んで泣きじゃくる声もあった。

　わたしは結局コジマにも、ほかの男たちにも、練乳を飲ませることなく病棟を出てきて、コマチ、アケミ、シノブ、そしてシガ隊長率いる二十人足らずの男たちと、壕の入り口近く、島民のいるところで合流した。軍医は素知らぬ顔でこちらを見ようともしなかったし、病棟に確認に行くようなこともなかった。島民たちはそのまま居残るようで、部隊とわたしたちを表情のない顔で見つめてくる。ニシヤマが、こっちを見るな、と怒鳴ると、彼らは目をそらしてうつむいた。

　機銃掃射や艦砲射撃の合間を縫うように、さらに南へと壕を移る。部隊はあとずさりし、身を隠しながら戦いを続けていく。負傷者や亡くなるものは増えていくばかりで、戦況が芳しくないのは、誰の目にも明らかだった。雨が続き、蒸し暑い中、軍民がまじりあい、じりじりと敵に追い詰められていくうちに、軍服の男たちの精神状態は極まっていった。彼らは、敵に投降すれば男は虐殺され、女は犯されるとおどしつけ、ちょっとしたことで暴力をふるった。そして、子どもからも食料を奪った。とくにニシヤマは残虐さに拍車がかかっている。島民を壕やガマから追い出すのは序の口で、泣きやまない赤子を銃剣で突き刺したり、投降の呼びかけに応じようとする島民を背後から銃殺したりしたこともある。

わたしはそういった状況に遭遇するたびに、目を閉じ、耳をふさぎ、心を空っぽにした。

強い日差しが照り付ける日だった。わたしたちは比較的大きなガマに隠れていた。部隊の男たちは、死を覚悟して水盃（みずさかずき）を交わし、ニシヤマを先頭に、竹槍（たけやり）と木箱に入った爆雷を持った島の少年たちをともない、斬り込みに出た。残った兵隊はシガ隊長を含め、数人ほどだった。

このガマのなかほどには、両手を広げた大きさぐらいの穴が天井にあいていた。そこから自然光が入ってくる。わたしたち四人の女は、差し込む光を頼りに、ガマの下手を流れるせせらぎで、衣服を洗い流し、手足を綺麗にしていた。水は冷たく、涼しい風が吹き抜け、つかの間のさわやかな心地だった。着物に染みついたものをこすり落としたわたしは、さっぱりした身で死ねるかもしれないと思うと、晴れやかな気持ちにすらなった。

その瞬間、大きな爆音とともに、意識が飛んだ。

気づくと、水の中にいた。からだを起こし、顔を水面から出すと、目の前は真っ白だった。煙で目を開けていられない。火薬の臭いと煙で苦しく、激しく咳き込む。

どうやら天井の穴から爆弾が投じられたようだった。この攻撃で、三人の兵隊が即死した。島民も多くがけがをし、死んでいる。しかし、シガ隊長はわたしたちのいるせせらぎまで吹き飛ばされたものの、かすり傷程度ですんでいた。女たちも、打撲したぐらいで、目立ったけがはしていなかった。

まだ死ねないでいる。

わたしは、自分の命のしぶとさが恨めしかった。

シガ隊長、部隊の残った男たち、そしてわたしたち四人の女は、ガマの裏口から出て、とりあえず、空き家の狭い防空壕に入る。そこでわたしたちは、さて次はどこに逃げるのかと、からだを縮こまらせ、ぎゅうぎゅうに詰めながら、シガ隊長の指示を待っていた。

「部隊をここで解散する。お前たちはどこにでも好きに行ったらいい」

シガ隊長はそう言うと、さあ、ここから出ていけ、と、わたしたちを防空壕から追い出した。

いまさら、こんな状況で自由にされても。

戦火の中に放り出すなんて、ひどすぎる。土地勘もない。内地の言葉が巧みなミハルやコハナ姉さんもすでにおらず、人に話しかけることもはばかられる。そもそも、わたしたちが半島の人間だと知られれば、ましてや何をしていたかを知られたら、どんな目にあうかわからない。

とりあえず近くにあった豚小屋に身を隠した。そこには見知らぬ人の死体があったが、豚は見当たらなかった。ただ、小さな島の赤瓦(あかがわら)の家でなじんだ糞の臭いだけが強烈に残っていた。

ぎらぎらと容赦ない光を放つ太陽から逃れ、どうにか人目につかない場所に隠れたものの、なすすべもなく途方に暮れていた。すると、民家の防空壕の方から、手りゅう弾の爆発音が複数ほぼ同時に聞こえてきた。

男たちが、消えた。シガ隊長も軍医もいなくなった。

やっと穴をふさぐことができる。

喜ばしいことのはずなのに、わたしは、ただ、「ああ、死んだ」と事実を把握しただけだった。感慨深いわけでもなく、思わず顔がほころぶわけでもない。むしろ、むなしさでからだの力が抜けた。コマチ、アケミ、シノブの顔をうかがうと、彼女たちの表情もうつろで、そこにはなにも感情が映っていなかった。

男たちぬきでこの先どうしたらいいのか。

この国が戦争に負けたら、わたしたちはどうなるのだろう。

そう思うと、心もとなくて仕方なく、どうしていいかわからない。


豚小屋の中で二日が過ぎた。少なくとも逃げまどう人たちが、ここにわたしたちがいることに気づくことはなかった。ただ問題は、食料だった。最初は大事に持ち歩いていた黒砂糖を分け合っていたが、それも底をついた。雨の季節のため、貯めた雨水を飲めるので喉は潤ったが、空腹は限界に近い。それに、四人ともぐったりしてきた。とくにコマチは具合が悪そうで、目がうつろで心配だ。

「食べる物を探してこよう」

あたりを見回し、誰もいないのをたしかめてから、わたしが口を開いた。ちょうど雨も降っていない。自分はどうあれ、仲間の女たちの命をつながなければ。

「危ないんじゃない？」

アケミが、同意しかねると言わんばかりに、顔をしかめる。

「目立たないように気を付けるから。ほかの隠れ場所も見つけられるかもしれない。ずっとここにいるわけにはいかない」

「そりゃそうだけど、外に出るのはこわいな」

シノブは不安そうにこちらを見た。

「わたしひとりで行ってくるから、みんなは待っていて」

「あたしも姉さんと一緒に行く」

コマチがか細い声で言った。

「大丈夫。必ず戻ってくるから。コマチは動かない方がいい」

「だけど姉さん……はなればなれはいやだ」

コマチは、めずらしく粘ったが、わたしは譲らなかった。

ひとり豚小屋から出て、付近を探ったが、何も成果はなかった。さとうきび畑を見つけたものの、青々とした葉が茂っているだけで口にできるものはなさそうだったし、砲弾でほとんどなぎ倒され、畑にぼこぼこと穴があいていた。

行き倒れている人の服からも、食べ物らしきものは出てこない。誰かが取っていってしまったか、もともと持っていなかったのだろう。また、隠れられそうなところは、すでに人があふれていた。諦めて戻ろうとしたが、壊され、焼き尽くされ、穴だらけの景色はどこも似ていて、わたしは道を見失ってしまう。みんなのいる豚小屋がどこなのかわからず、ぐるぐると何時間も歩き回った。疲れ果て、井戸を見つけて近寄ると、そこは遺体で埋まっていて、枯れていた。

ようやく、シガ隊長たちが隠れた防空壕のある民家にたどり着く。最後の望みをかけて、防空壕を開けると、きつい腐臭が襲ってきたが、意を決し中に入る。真っ暗な中、手探りで、ばらばらの肉体に張り付いた衣服をまさぐり、食べられるものを見つけ出す。

軍服のズボンのポケットに、ひからびた芋が一片入っており、収穫はそれだけだった。それでも、なにもないよりはましだと、芋を懐にしまった。一口ずつでも食べれば、飢えはしのげる。

防空壕から出ようとすると、なにやら外が騒がしい。出入口を開けずに耳を澄ますと、聞きなれない言葉が耳に入ってきた。

敵に違いない。

わたしは慌てて奥に戻り、千切れた死体の間にうつぶせに横たわった。すると出入口が開き、あたりが薄明るくなり、聞いたことのない言葉がさっきよりもはっきりと聞こえてきた。

心臓が飛び出しそうなほど鼓動が大きくなる。からだが震えるのを力んで抑え、歯がかちかちと鳴らないように、ぐっと歯を噛み締める。声が出ないように、唇に手を当てる。

懐中電灯の光が、防空壕の中のそこかしこに当てられている。敵の声は聞こえ続ける。

耐えなければ。

目を閉じ、顔を出入口から背けて地面に押し付ける。土の匂いと腐臭が鼻孔にこれでもかと広がる。むせないように、息をこらえる。

どうしよう。どうしよう。見つかったら、敵に凌辱(りょうじょく)される。

それは、死ぬよりも、もっともっと恐ろしい。なぜ友軍は、わたしを道連れにしてくれなかったのか。死ぬにも値しないということなのか。怨嗟(えんさ)をぶつけたくても、彼らはからだがばらばらになって、わたしの周りに散らばっているだけで、応えてはくれない。

懐中電灯がわたしに当てられる。

動いてはいけないと戒めるが、心臓の音だけは、自分の思い通りにならない。からだじゅうに血液が流れる音が、耳朶(じだ)の奥から響いてくる。

照らされていたのは、わずかの間のはずなのに、とても長く感じた。

やがて光がわたしから遠ざかり、出入口が閉じられ、ふたたび暗くなると、敵の声は聞こえなくなった。

とりあえずは見つからなかったが、まだ敵が近くにいるかもしれない。動いたり、出て行ったりしてはならない。からだを硬直させたまま、姿勢を保ち、じっとしていた。冷たい汗が全身に浮かんでいるのがわかる。

それからかなりのときが過ぎ、もう大丈夫だろうと、からだを緩めて仰向けになった。深く呼吸を繰り返すと、耐え難い臭いで吐き気がしたが、なんとかやり過ごした。緊張が解けると、コマチ、アケミ、シノブの三人が無事か気になって仕方がなくなった。

防空壕から這い出ると、外はすっかり暮れていた。

急いで豚小屋に向かったが、そこに、三人の姿はない。ただ、かなりの量の軍票がまるでばらまかれたように落ちていた。わたしは気が遠くなり、その場にしゃがみこんだ。

しばらく茫然としていたが、ふとあることに気付く。

あれがあるじゃないか。もういい加減、あれで楽になろう。

モンペのポケットをまさぐり、青酸カリの瓶を取り出す。瓶のふたを開け、まさに口に入れようというときに、誰かの手が瓶をとりあげた。

「やめなさい。死んだらいかん」

男の声がして、わたしは咄嗟に座ったまま後ずさった。

浅黒い顔の、背の低い男だ。軍服ではないので、おそらく島の人間だろう。

男は一定の距離以上は近づいて来なかった。

「だいじょうぶかね？」

わたしは無反応で、座っていた。

すると男は、一歩、二歩とわたしに近づき、手が届く程度の幅をあけて座ると、ポケットから鰹節のかけらを出して渡してくれた。それから、水筒の水もわけてくれる。

わたしは、黙ってそれらを口にした。鼻の奥にこみあげてくるものがあって、鰹節の味がわからない。

「名前は？」

名前、名前。わたしの名前はなんだっただろうか。

「こっちは、キンジョー」

キンジョーは、黙っているわたしに、身の上話を始めた。歳は五十で、三日前に妻と娘、孫を亡くしてひとり生き残ったそうだ。キンジョーが食料を調達しに行ってガマに戻ると、そのガマにいた人たちは、軍民ともに手りゅう弾で死に絶えていたらしい。二歳の孫は、頭に銃弾の痕があったという。

「ぜったいに、私を置いて死ぬわけない。無理に殺されたんだ」

キンジョーは、震える声でそう言うと、顔を近づけてきて、わたしを見つめた。キンジョーの瞳は、濡れていた。

「死んじゃいかん。なにがあっても命は大切にしなければいけないよ」

わたしは、キンジョーの視線が重くて、目をそらした。

「あんた、チョーセナーだろう。ヤマトの言葉は、日本語は、わかるかね？」

こくりとうなずくと、キンジョーは、それなら、と続ける。

「ここは、危ないから、逃げないといかん。ほら、立って。一緒に行こう」

わたしは、なにか言おうとするが、声が喉につっかかって、出てこなかった。答える代わりに、うんうんと首を縦に振って立ち上がり、豚小屋を出る。

わたしは、一瞬歩を止めて振り返り、散らばっている軍票を見つめたが、ぐっと唇を噛み、キンジョーのあとを追った。

キンジョーは、道に明るく、どこになにがあるかもよく把握していた。わたしはキンジョーとともに戦火から逃げ、亀の甲羅のような屋根を持つ巨大な墓を見つけて隠れた。そこには軍人と、男と同じような軍服を着た女が先にいて、ふたりはわたしとキンジョーを拒まず墓に入れてくれた。男の部隊も解散し、ふたりで逃げている中、この墓を見つけたということだった。どうやら女はわたしと同じように部隊で男の相手をさせられていたようだが、もともとは内地の遊郭にいたという。

「あんた、チョーセンから来たと？　こんな遠くまでねえ」

女はわたしに微笑むと、黒砂糖をわけてくれた。コハナ姉さんぐらいの歳だろうか。

ありがとう、と言おうとしたが、声が出ない。わたしは、防空壕での一件以来、声を発することが、話すことが、できなくなってしまっていたのだ。

だが、故郷の言葉で話す仲間もいないのだから、喋れなくてもいい、と思っていた。逃げ回る上で、口を開かなければ半島から来たと簡単にばれなくなると、いいように考えた。

その墓に二日ほどいると、また敵が近づいてきたので、キンジョーと逃げようとしたら、軍人の男が、もう逃げるところもじきになくなるから、きみたちは投降したらいい、と言ってきた。

「敵に見つかったら殺されるんじゃないか？」

キンジョーがいぶかしむ。

「きみは軍人ではなく、沖縄の民間人だし、殺されることはないはずだ。朝鮮人もね」

眉根を寄せて、そうですかね、とキンジョーが答える。わたしは、ぶるぶると頭を振った。投降なんかしたら、ひどい目にあうに違いない。

「あなたはどうするのですか？」

キンジョーが問い返す。

「うむ。私は……陛下の赤子として、軍人として、日本男子として恥じない最期を求めているんです。私の上官は、自決を選ばず部隊を解散したから、こうして宙ぶらりんになってしまった。だけど、もうすぐ敵もここに来る。堂々と死ねる。すがすがしく、待ち遠しいです。華々しく散ります」

軍人の笑顔は、かなしいまでに晴れやかだった。そして、傍らの女も、やわらかく微笑んでいた。

雨と暑さ、ひもじさに耐えながら、ガマや小屋、民家、防空壕を転々として、半月ほど経っただろうか。キンジョーは偶然に民家の井戸につながる自然のガマを発見した。

入ってみると、細長くガマは延び、奥行きはかなりあった。数十メートル続いている。誰もいないのかと進んでいくと、離島の瓦家ほどの広さの空間があり、そこには二十人くらいの人がいた。みな島の人間で、兵隊はいないようだ。ほとんどが老人と女性、子どもたちだった。

水もあり、ここなら長く隠れられるのではないかと思った。ガマからの出口はいくつかあり、沢や林に恵まれ、食料を確保するのにも苦労がなかった。実際、キンジョーはカエルやかたつむりをつかまえてきた。ハブをとってきたこともある。焼く、あるいは煮るだけの簡単な調理だったが、これらはかなり美味しく、まわりの人とも分け合った。飢えていたわたしたちにはたいそうな御馳走だった。

ガマの中が暗いからか、顔やからだが薄汚れてきたからか、色白だとか、半島の人間だと言われることもなかった。そもそもみな周囲のことを気にする余裕がなかったせいもあるだろう。ガマの雰囲気は兵隊がいるのとは大違いだった。子どもが泣くと緊張が走ったが、外に漏れてはいないようで、激しく責める人はいなかった。

キンジョーとわたしがガマに来ておよそ一週間後、ひとりの男がガマにあらたに逃げてきた。縦じまの黒っぽい着物が着崩れていて、島の者のようだが、なんとなく違和感があるし、どこか見覚えがあり、じっと見つめてしまった。

目が合うと、男はかなり動揺して顔を横にそむける。

間違いない。男は、ニシヤマだった。

斬り込みに行ったはずの男が、なぜ、民間人になりすまして逃げ回っているのか。

わたしは、キンジョーや島の人たちにニシヤマのことを訴えたかったが、声が出なくて、告発できなかった。すると、最初はわたしのことを警戒していたニシヤマもわたしの失語を知り、安心したようだった。そのうちに従来の粗暴で横柄な性格が顔を出し、ガマの中で人のとってきた食料を奪ったりしはじめた。

「あいつが敗残兵なのは、みんな、わかっているさ。いくら芭蕉衣(バサージン)を着てウチナーンチュのふりをしても、ヤマトグチだ。あいつだって、ばれているのを承知で威張りくさっている。私らを、舐(な)めているのさ」

キンジョーは、ニシヤマをちらちらと見ながら、ささやいた。ニシヤマは、過ごしやすい場所を、赤子を連れた家族から奪って、横になっている。わたしとキンジョーは、ニシヤマから離れたところに、並んで座っていた。

「友軍には、さんざんひどい目にあわされた。だからあいつが恨めしいし、追い出してしまいたい。みんなそう思っているさ。だけど、あいつは、銃やナイフを持っているかもしれない。年寄りや女子どもばかりでは、どうにもできん」

続けて、はあーっ、とため息を吐く。わたしが返事をできないにもかかわらず、キンジョーはこうして話しかけてくる。だが、いまの言葉は、まるでひとりごとのようだった。だからわたしは、うなずかずにいた。「ニシヤマを知っている、危険な人間だからなんとしてでも追い出した方がいい」と、伝えられないもどかしさもくすぶっていた。

あんたも、とキンジョーは、わたしの方を見る。

「友軍には、嫌な……」

そこまで言うと、目をそらした。

キンジョーは、わたしが兵隊たちにどんなことをされていたか、もちろん知っているだろう。だが、そういったことに触れることは決してしなかった。ただ、助けてくれる。わたしからなにも奪おうとはしない。むしろ、与えてくれるばかりだ。わたしは、そんなキンジョーを信じて頼っていた。

即席で作ったランプのかすかな灯に照らされるキンジョーの横顔には、深い皺がいくつも刻まれており、年齢以上に老けて見えた。同じような皺は、だいぶ前に病で亡くなった祖父にも、貧しくて働きづめだった父にもあったような気がする。

このひとも、きっと、いろんなものを奪われ続けてきたのだ。家族も、家も、なにもかも。

「さ、そろそろ、食べ物もなくなってきた。なにか見つけてこようね」

立ち上がり、離れていく。わたしは膝を抱えて、キンジョーの背中を見送った。

誰かが自分を大事にしてくれる、そう思うと、とりあえず、いまは生き延びてみよう、と思えてくる。

生きていたら、コマチやアケミ、シノブとまた会えるだろうか。

そもそも彼女たちは無事だろうか。敵に見つからず逃げのびて、わたしみたいに、誰かに大事にされていてほしい。

わたしは、小さな島で女たちと踊ったことを思い出し、心のうちで、アリランの歌をうたった。つらら石からしたたり落ちる雫の音が伴奏になり、なんどもなんどもうたう。そして、キヨさんの顔を、翡翠色の海を、思い浮かべた。遠い故郷のことも想ったが、記憶はもはや茫漠としかけている。まぶたの裏に映る両親や弟のかおかたち、住んでいた家、村に咲いた花々、海岸の景色は、薄い膜がかかって見える。

すこし眠っていたようだった。目が覚めて喉の渇きを覚え、そばにあった空き缶を手にした。中には、落ちた水滴がためてある。

「おいっ、その水を寄越せ」

目の前に着物姿の男が立っていた。見上げなくても声でニシヤマだとわかる。わたしは、すくみあがり、動けなくなった。するとニシヤマは、わたしの手から空き缶を奪って、中の水を一気に飲み干した。

大きなげっぷを吐き出したニシヤマは、おまえ、と言うとしゃがんで、わたしのあごをつかんだ。それから自分の方に向かせると、手を放す。

「やっぱりコハルだな」

わたしはうつむいて目を合わさずにいた。

「おい。あのとき、斬り込みに失敗して壕に戻ったら、馬乗りでやられていたが、シガ隊長のご遺体はなかった。生き残った部隊はどうした？　シガ隊長は？」

わたしは、首を横に振った。

「隊長も、みんなも、靖國に行ったんだな？」

わたしは、病棟に残されたコジマはどうしただろうと思いながら、小さくうなずいた。するとニシヤマは、ちきしょう、とつぶやいた。

「なんでお前なんかが生き残っているんだ」

わたしは、その言葉をそのまま返したい思いで、ニシヤマを見つめた。

「くそっ、なんか言えよ。なんだ、その目は。おまえ、ほんとうに口がきけないのか？　歌までうたっていたくせに。おまえ、それ、口がきけないふりだろ。チョーセンピーだってばれたくないんだろ。だがな、お見通しなんだよ」

ニシヤマは、ちっ、と舌打ちをする。

「まあいい。こうなったら、お前が生きていたのも、俺のためだろうな」

そう言うと、わたしの腕をつかんで引っ張った。

「こっちに来て、やらせろっ。それがお前の役目だろう」

わたしは抵抗してふんばる。獣のような唸り声が出た。だが、それは、声というよりは、咆哮に近い。意味を成す言葉は出てこない。

「なんだ、おまえっ。やらせないつもりかっ。チョーセンピーのくせにっ」

わたしとニシヤマのやりとりは、静まりかえったガマの中に響き渡った。まわりのひとたちは事態を把握しているはずだが、誰も助けてくれない。

「いい加減にしろっ」

頰を叩かれても、頑として動かずにいたら、腹に蹴りを入れられた。激しい痛みで、力が抜けると、からだが引きずられていく。ごつごつとした岩肌に尻や足がぶつかってさらに別の痛みが襲ってくる。

また、穴にされる。

こんなことになるなら、やはり、死んでしまった方がましだった。わたしは、みんなのいるところから、狭い通路にずるずると引っ張られていく。

絶望に打ちひしがれて、もう抵抗する力が出なかった。

「やめなさいっ」

キンジョーの声が聞こえたと思ったら、ニシヤマがわたしを放し、からだが自由になった。

目の前に、ニシヤマが倒れている。傍らにランタンが落ちていたが、灯は消えていなかった。その後ろには、キンジョーが鉄の棒を持って立っている。

「頭を叩いたから、気を失ったみたいだ。さ、早くこっちに」

わたしを立ち上がらせると、ランタンを持って奥にいざない、みんなのいるところに戻る。それからキンジョーはガマにいた二十人あまりを呼び集めた。

「投降しよう」

キンジョーが言うと、なんだって、とんでもない、どうしてそんなことを言うんだ、とみんながざわめいた。わたしも、キンジョーの言葉を、聞き間違いではないかと思った。投降なんて恐ろしいことを、できるはずがない。

「食料を探していたら、男が近づいてきた。その男は、防衛隊から脱走して、投降したって言うのさ。収容所にいるらしいが、アメリカーは、危害を加えるどころか、食べ物をくれるそうだ。けがの手当もしてくれる。ビラに書いてあることは本当みたいだ」

「おかしいね。なんで、捕虜されたのに、収容所から出てきたのさ」

中年の女性が強い調子で言った。

「民間人は、捕虜ではなく、保護だって言うんだ。その男は、このガマのみんなを説得するために来たってことだ。アメリカーは、すぐそこにいるそうだ。とにかく、ガマの外で待っていてくれと、その男には伝えた」

「つまり、ここにいることが、ばれているのかね？」

声のつぶれた老人が、ゆっくりとたしかめる。

「そういうことになるね」

「出て行かないとどうなるのさ？」

さっきの女性が、今度は不安そうに訊いた。

「アメリカーは、このガマを、火炎放射する」

キンジョーの落ち着いた声は、かえって、恐怖を煽（あお）った。みな、言葉を失って、しんとなっている。わたしは、思わずかたくこぶしを握っていた。

「だましているんじゃないか？　スパイじゃないのか？　本当に出て行ったら、殺されるんじゃないかね？」

沈黙を破った女性の声は震えていた。

「私らは、兵隊じゃないから、大丈夫さ」

「でも、ここには、兵隊がいるじゃないか。あいつのせいで、出て行ったたって、殺されるんじゃないか」

老人が言うと、そうだ、そうだ、と声があがる。

「それは大丈夫だ。アメリカーは、先に投降したウチナーンチュを使って、ちゃんと兵隊と民間人を分けるし、収容先も違うらしい。それに捕虜になった兵隊も、殺されてはいないようだ」

キンジョーが答えると、でも、と女性が不安そうな声で言う。

「死なないとしても、女は……無事でいられるのかね」

キンジョーは、黙ってしまい質問に答えなかった。

防空壕での記憶が蘇る。出て行くのがいいのか、ここに残るのがいいのか、わたしには、わからない。生き残って凌辱されるのか、死んでしまった方がいいのか。キンジョーもアメリカーからわたしを守るのは、さすがに無理だろう。

「どのみち、敵にやられるくらいなら、手りゅう弾で死んだ方がいいね」

中年の女性が言うと、大半のひとたちが、うん、うん、とうなずいた。

そのとき「デテコーイ　デテコーイ」と、大音量の呼びかけが、出入口の方から響いてきた。わたしが立っているところは、その出入口に通じる路に近く、とくによく聞こえた。

みなが互いに顔を見合わせて、戸惑っている。

「デテコーイ　デテコーイ」

ふたたび、聞こえてくる。

「早く出て行かないとね。わたしはどうなっても、子どもと両親は助けたい」

子連れの女性は、前に後ろに子どもをくくりつけた状態で、老夫婦をともなって、出入口に向かおうとする。背負われた子どもは、声をあげて泣き始めた。

そこに、頭に手を当てたニシヤマがやってきた。足元がふらついている。

「きさま、まさか、投降しようってのか。日本人として、恥ずかしくないのかっ。やめろ」

そう言うと、立ち止まり、着物の懐に手を差し込み、拳銃を出し、逃げようとする女性に向けた。彼女とその家族は、その場に凍り付く。これまで、ニシヤマが島の人たちを撃つさまを見てきたわたしも、息が止まる。ニシヤマは、脅しではなく、本気で殺すつもりだ。

赤子の泣き声だけが響く中、ニシヤマは、引き金を引いた。

しかし、弾は出てこず、カチッという音がしただけだった。ニシヤマは拳銃を放り投げる。

「デテコーイ　デテコーイ。コレガサイゴ」

呼びかけを聞いて女性がふたたび動こうとしたとき、ニシヤマが手りゅう弾を取り出し、信管を素早く抜くと、彼女に投げつけた。

わたしは、思わず目をそらす。耳をつんざくような破裂音が響く。恐る恐る視線を戻すと、女性とその子どもが、正確には、彼らのちぎれたからだが横たわっているのが目に入る。そばにいた老夫婦も、倒れていた。

「ははははっ、あーはっはっはっ」

ニシヤマは気でも触れたような大声で笑った。そして、懐からさらに手りゅう弾を出し、信管をゆっくりと抜くと、真顔になった。

「天皇陛下、バンザーイ」

叫ぶように言って両手をあげると、手りゅう弾を自分の胸に打ち付けた。

その瞬間、出入口の方からものすごい熱気とガソリンの臭いが襲ってきた。

熱い。

痛い。

苦しい。

自分の服が、髪の毛が、皮膚が、じりじりと焼け焦げる音がする。

意識が遠のいていく。

七

とまりんでフェリーを降りた私は、その足で、那覇市役所近くにある大型書店に向かった。ガイドの松田さんから、その書店には沖縄戦の資料が充実していると聞いていたのだ。たしかに品ぞろえは豊かで、資料館で買い逃したものもあり、私は十数冊の書籍を購入した。かなりの出費となったが、惜しくはない。

それから、国際通りの端にあるハンバーガーショップに入った。ここで、戦争体験者に聞き取りをしているという六十代の女性、平良さんと会った。この人も、松田さんが紹介してくれた。

沖縄にしかチェーン展開していないというその店は、くだけた雰囲気だった。しかし、向かい合って座る優しそうな顔立ちの平良さんは、薄手のベージュのシャツにグレーのスカートというやわらかな印象を与える恰好で、穏やかな話し方であるにもかかわらず、かなりよそよそしい態度で、挨拶をしてもそっけない。眼鏡の奥の瞳には警戒するような鋭さがあった。

　私は緊張を保ちつつ、あらためて取材の趣旨を説明するが、途中で遮られる。

「戦時中の沖縄を舞台にするっていうけれど、ウチナーンチュが書く沖縄じゃないと。ヤマトの人が書く沖縄戦は偽物ですから」

　突き放すように言われた。

「えっと」

　表情をとりつくろったものの、頰がこわばっていくのが自分でもわかる。

「私は、沖縄戦そのものというより、沖縄にいた朝鮮人慰安婦のことを書きたいと思っているんです」

「沖縄にいた慰安婦は、朝鮮人だけでなく、辻遊郭のジュリだった沖縄の女性や、内地の遊郭の女性、台湾から来た人たちもいたけれど」

「はい、そのことも知っています。でも、慰安婦の多くが朝鮮人だったので」

「あなた、もしかして」

　平良さんは、声を落として、在日韓国人なんですか？　と訊いてきた。

「いえ、違います」

　なんでそんなことを訊くのだろう。

　在日韓国人だったら、慰安婦のことを書いても構わないのだろうか。

「そうですか。てっきり、在日の当事者だから、朝鮮人慰安婦のことを書くのかと思いました」

悪意なく言われた言葉が胸につきささる。

小説は、当事者しか書いてはいけないものなのだろうか。

本物、偽物は、何をもって決まるのだろうか。当事者が書けば本物なのか。

たとえ沖縄出身者だとしても、戦後生まれで、沖縄戦の経験がなければ、当事者とは言えないのではないか。在日韓国人だって、厳密には当事者と言えるかどうかわからない。

そもそも、当事者って、誰を指すのだろう。

黙って考えていると、平良さんは、ではなぜ、と訊いてくる。

「わざわざ、沖縄の慰安婦のことを書くんですか？　普通なら、慰安婦のことを書くなんて避けるのに。話題になるのを狙っているんですか？　ああ、でも、プロの作家さんではないんでしたっけ？」

まただ。薫との電話が思い出され、苦いものがあがってくる。コーラを喉に流し込んで心を鎮め、軽く息を吐いてから、はい、と言葉を発した。

好きなK－POPアイドルのインスタグラムを見てから慰安婦のことに興味を持ち、調べるうちに沖縄にいたことを知ったこと、この題材で書いた小説で新人賞を取り、プロの作家になりたいと思って取材を始めたと正直に伝えた。

「これまで資料で調べたり、取材したりしてきて、知れば知るほど、沖縄戦が悲惨だったことがわかりました。慰安婦の女性たちも気の毒でたまりません。だから、書かずにはいられないというか。伝えたい、という気持ちが強く湧いてきています」

私の言葉を聞いた平良さんは、アイスコーヒーを一口飲み、ねえ河合さん、と声をやわらげる。

「私は、体験者に聞き取りをしているからか、なんのゆかりもないひとが、事実に即しているとはいえ、沖縄での戦争を、小説という虚構に都合よく作り変えてしまうことに、抵抗があるんです。ヤマトの人が書くなら、オーラルヒストリーや、ノンフィクションであるべきだと思うんです」

返す言葉がなかった。すると、平良さんは、「それから、気の毒っておっしゃいましたけれど」と続ける。

「気の毒っていう気持ちで、物語を作ってしまうのは、傲慢なんじゃないですか。しかも、ご自分がプロになるために」

「傲慢、ですか？」

思ってもみなかった言葉に、思考が追いついていかない。

「気の毒っていう言葉は、高みから見下ろしているから、出るんじゃないかと思うんです」

「高みから見下ろしているなんて、そんなことはありません。私は、ただ、同じ女性として、慰安婦の人たちのことを書きたいだけで」

「慰安婦の小説は、あなたが書かなくても、ほかの誰かが書きますよ。プロになるためにインパクトの強い物語を書くのではなく、インスタグラムとかいうものがきっかけといった軽い気持ちからでもなく、相当の覚悟を持った人がね」

ぴしゃりと断じられ、私は、深くうなだれた。泣きそうになるのを必死にこらえる。

「きついことを言って申し訳ないけれど、実際に起きた戦争は、そこに巻き込まれた人たちにとって、とてつもなく重いものなんです。沖縄の人たちにとっても、そして、沖縄にいた慰安婦の人たちにとってもそうでしょう。私は以前にも、慰安婦のことを書きたいっていうライターさんと話したことがあります。その人は、韓国まで行って、施設に暮らす元慰安婦のおばあさんに会ったそうです。だけど、孫や家族、施設の人との話ばかりで、当時のことはなにも話してくれなかったってことでした。不幸な話を聞きたい、っていう姿勢は見抜かれるし、おばあさんに失礼だったのかもしれない、ってそのライターさんは反省していました。相手の尊厳を認めていない態度は、書く以前の問題です。戦争のことにしても、慰安婦の女性たちのことにしても、そんなに単純なことではないんですよ。昨日今日出会った人に都合よく書かれるのは嫌だと思いますよ、きっと」

　でも、でも、と私は顔をあげた。

「私も、ちゃんと知って、学んで、考えて、頑張って書きたいんです。軽い気持ちではありません」

　声を絞り出すようにして言った私の顔を、平良さんがじっと見つめてくる。

「くりかえしになってしまうけれど、あなたが書かれる必然性がわからないんです。小説にするとして、じゃあどう感じてほしいんですか？　かわいそうっていうだけでしょう？」

　いよいよ私は反論を失ってしまった。女性たちのことを伝えたいとは思っている。けれど、伝えてどう感じてほしいかまでは考えてなかった。

　しばらくの沈黙ののち、平良さんが息を小さく吐いて続ける。

「たくさん本も買ったみたいですね」

　そう言って、私の足元にある書店の紙袋に視線をやった。

「あ、はい。もっと欲しかったんですが、これ以上は重いし、高いし、買えなくて。今回はとりあえずこれだけを」

　平良さんは、ふっと表情を緩めた。

「ごめんなさいね。一所懸命やっていらっしゃるのに。私ね、基地反対の運動もしていて、ヤマトの人たちには、さんざん嫌な思いをさせられているんです。だから、なんというか、ただでさえ、ヤマトの人にきつく当たってしまうところがあるんです。もちろん、いい人もいますけど、利用されることも多くて」

私は、そうなんですか、と答えたが、理解できているわけではなかった。阿嘉島では快く受け入れてもらえたので、戸惑っている、というのが本音だ。

「まあ、せっかくこうしてお会いしたから、聞きたいことがあったら、どうぞ」

「すみません」

謝ってしまったが、じゃあ、質問します、と気を取り直した。恐縮して機会を逸してはいけない。

「河合さんが知りたいのは、慰安婦のことですよね？」

「はい、戦争体験者の方々への聞き取りの中で、慰安婦についての話はありましたか？」

「そうですね。水浴びをしているところを見た、とか、位の高い兵隊と一緒にいるのを見た人がいる、って話ぐらいしか。もしかしたら、目撃していても、そのことは口にしてはいけない、って思っているのかもしれませんね。私たちが踏み込んで訊くと、どうにか思い出して話してくれる、といった感じです。朝鮮の人ということで言えば、日本軍の軍属として労務動員された軍夫の話もそれほど出てこないですね。確かにいたはずなのに、見えていない、見ようとしていない、覚えていてはまずい、忘れるようにしていた、そういう感じかもしれないですね」

首里城の第三十二軍司令部壕の説明板に「女性たちの部屋」としか書かれていなかったことを思い出した。

「いたのに、いない、ってことになっているんですね」

それはつまり、軽んじられていた、ということにほかならないのではないか。

「はい、記憶って、恣意的に選んでいる、そういう部分があるんです。それと、戦争体験者の皆さんは、高齢になっていて、最近話を聞けるのは、戦時中に幼かった人たちが多いので、慰安婦の記憶がもともとないのかもしれません。当時、まだ子どもで、慰安婦がどんな人たちか、ほとんどの人がわかっていなかったでしょうし。むしろ、戦後に米兵を相手にしていた女性のこととか、子どものころにその辺に落ちていたコンドームを風船みたいにふくらませて遊んだっていう話の方がよく出てきます。戦後の話も、すさまじいですよ」

「そうですよね。生き残ったということは、戦争が終わっても占領下で人生が続いていた、ということですよね。想像がつきません。沖縄の戦後のことも調べてみます」

言いながら、心の内に、松田さんの「私たちウチナーンチュにとって、戦争はまだ終わっていない」という言葉が蘇る。そして、「ここにいた朝鮮人慰安婦や軍夫のことが忘れられないように」と言っていた阿嘉島の仲村さんの顔が浮かんでくる。

「昨日、今日と阿嘉島に行きましたが、そこにいた慰安婦の女性たちの戦後の行方も不明でした。もらった資料には、目撃証言があったりはしましたが」

「戦後、沖縄に残った慰安婦がどうしたかは、戦時中渡嘉敷(とかしき)にいた裴奉奇(ペポンギ)さんの足取りぐらいしか、はっきりしていないんじゃないでしょうか。ほとんどが亡くなったんでしょうね。沖縄人と結婚して残った人もいたようですが、収容所から朝鮮半島に帰った人は一部だったようですし。収容所では、看護婦のようなことをしていたという米軍の記録がありますね。あと、参考になるかわかりませんが、沖縄の慰安婦が出てくる小説があります。もちろん、ウチナーンチュが書いたものですけれど」

そう言って、小説のタイトルを教えてくれた。その小説は慰安婦関連のことをネットで検索していても出てこなかった。あとでまた先ほどの書店で探すかネットで取り寄せようと、スマートフォンに書名をメモする。

「ありがとうございます。読んでみます」

丁重に礼を言うと、平良さんは、ほんのかすかに微笑んだ。

「慰安婦のようなことは、戦時下だけの問題ではないですね。私の夫は、宮古(みやこ)出身ですが、そこにも慰安所がありました。そんな島にも自衛隊が来る。レーダー基地にミサイル基地。また、軍隊。平和だった島なのに、軍隊が来ると、性産業が絶対にくっついてくる。米軍だけでもうんざりなのに、沖縄の女の子たちがまた踏みにじられる。まったく、いつの時代も、女が男の犠牲になる……米軍の性犯罪も……」

そこまで言うと、深いため息とともに、首を左右に振った。

「沖縄のことも、ヤマトの人たちは知らない。ないことにされているんじゃないでしょうか」

ないことにされている。私の頭の中で、その言葉が繰り返される。

平良さんは、何かを思い出したように、そうそう、宮古と言えば、と言った。

「宮古での慰安婦のことは、私も本で読みましたし、話も聞いています。あそこは土地が平坦だし、井戸を慰安婦と住民が共同で使っていたから、ずいぶん目についたみたいです。住民と交流した話も残っていますね。草刈り場の前に慰安所があって、待ちきれずにふんどし一枚になった兵士が、慰安所の前に列をなしていたらしいです。今は、井戸の近くに地元の人によってアリランの碑が建っています」

そして、それらのことを詳しく書いた書籍について教えてくれる。

「ありがとうございます。助かります」

「今も昔も、女をモノ扱いして、自分たちを慰める道具ぐらいにしか考えていない男が多すぎますね」

私は、阿嘉島のあずまやでの一件や、薫の合コンでの体験を思い出し、心から、はい、と答えた。

それから一時間ほど、平良さんが聞き取りした戦時中の話を聞いた。

「証言集を読めばお分かりになると思いますが、沖縄戦については、どこにいたかで、個々の体験が異なります。戦争の終わった時期も、ひとそれぞれなんです。ですから、どこで起きたことを書くか、を定めたら、そこの市町村史を参考にするといいですよ」

最後に平良さんは、私が買った書籍をたしかめると、執筆の参考になりそうな書籍をさらにあげてくれた。書籍にとどまらず、次回取材に来るなら訪ねた方がいい施設をいくつかと、戦後の米軍による性暴力について詳しい人の連絡先も教えてくれた。ずいぶん打ち解けて、最初とは打って変わって親切だった。

平良さんと別れて国際通りを重い荷物を抱えて歩いていると、疲れがどっと押し寄せてきた。ソーキそばでも食べよう、土産を見繕おうなどと考えていたが、そんな気力はしぼんでしまった。私は大通りに出てタクシーを拾った。

ゲストハウスに戻り、シャワーを浴びて髪を乾かし、人心地つくと、かなりお腹が空(す)いていることに気づいた。食堂から漂う醤油(しょうゆ)とだしの香ばしい匂いが刺激的だ。だが、今日の夕飯は不要だと伝えてあったので、自分の分は用意されていないはずだ。

それでも食堂にカップ麺(めん)やスナック菓子、缶ビールなどが売られていたことを思い出し、とりあえずそれらでお腹を満たそうと思った。

食堂には、十代と思われる二人連れがいて、比嘉さんと食事をしながら、けたけたと笑って楽しそうに話していた。どちらかが娘さんだろうか。だが、見せてもらった写真の人物とは両方とも似ていなかったし、もっと若い。いずれにせよ、親しげなので、客ではなさそうだ。それとも、ここの常連かなにかだろうか。昨日も一昨日(おととい)も姿が見えなかったけれど、あるいは、アルバイトかもしれない。

「河合さん、ご飯はまだですか？　こちらで一緒にいかがですか？　多めにつくったので」

比嘉さんが私に気づいた。

「あ、いえ」

ありがたい申し出だったが、見知らぬ若い子たちと食事をするのは億劫(おっくう)だし、楽しい団らんの雰囲気についていけそうにない。私はあまりにも疲労困憊(こんぱい)していた。

「あの、ソーキそばのカップ麺と、ポテトチップス、それと、オリオンビールをください。お部屋でいただきます」

はい、と比嘉さんは立ち上がり、冷蔵庫から冷えたビールを出し、ポテトチップスの袋とともに手渡してくれた。

「カップ麺は出来上がったら、お部屋に持って行きましょうね」

比嘉さんは、さわやかな笑顔で言った。

私は部屋に帰ると、壁に寄りかかって畳の上に足を伸ばし、缶のプルトップを開け、ビールを喉に流し込んだ。よく冷えていて、生き返る心地だ。げっぷを吐き出して、ポテトチップスの袋を、ばりっと音を立てて開ける。疲れが限度を超すと、こうした体に悪そうなジャンクフードを逆に欲するようだ。私はポテトチップスを立て続けに数枚食べて、何も考えずに、その塩と油を味わった。

ノックの音がして引き戸を開けると、比嘉さんがカップ麺と割りばしを盆に載せて立っていた。なぜか小鉢もある。

「あの、この小鉢は」

「夕飯に作ったクーブイリチー。きざみ昆布と豚肉の煮物。つまみにどうかと思って。サービスだから、気にしないでくださいね」

なんだか妙にじんときて盆を受け取った。だが、比嘉さんはすぐに立ち去らない。

「嬉しいです。いただきます」

「お盆を返した方がいいですか？」

「ううん、そうではなくて。あの、お部屋もいいけれど、どうせなら、外の風にあたったら気持ちいいんじゃないですかね。二階のベランダ、誰もいないから、そこで召し上がったら。星が見えますよ。お疲れのようですけれど、リフレッシュできますよ、きっと」

「行ってもいいんですか」

たしか、二階は、比嘉さんの居住空間だったはずだ。

「どうぞ、どうぞ。ご案内します。食べ物も運びますよ」

私は比嘉さんの言葉に甘えて、狭い階段をあがり、廊下から二階のベランダに行った。四～五畳程度の広さのスペースに、スチールの椅子が二脚と丸テーブルがひとつあって、物干し台がでんと置いてある。私は椅子に座り、ひとりでカップ麺を食べた。たしかに、涼しい風が吹き、視界も開けて、部屋にこもっているよりは気持ちいい。住宅街なので、これといって絶景というわけではないが、見上げると星空が広がっている。家々の灯が明るく、星の数は阿嘉島には劣るが、東京よりはたくさん望める。

カップ麺を食べ終え、ポテトチップスと煮物をつまみにビールをちびちび飲みながら、今日一日の出来事を反芻する。

長く濃密な一日だった。阿嘉島でキヨさんのアリランの歌を聴き、恒一さんの話に耳を傾け、仲村さんに島を案内してもらった。そして、平良さんに、痛いところを突く指摘をされた。

そうか、キヨさんが、女性たちの辛そうな顔でなく、楽しそうにしていたことを記憶していたのは、キヨさんが私と違って、彼女たちに寄り添っていたからなのだ。

私は傲慢なのだろうか。沖縄の慰安婦を書いた小説で新人賞を取ろうなんて、思ってはいけないのだろうか。

それとも、同じ目線の高さでいられるなら、書いてもいいのだろうか。

題材を変えるべきなのだろうか。昨年のように、自分、が、当事者に近い小説に。だけど、これまでそれでダメだったから、今度こそチャンスをつかむために私はここに来たのだ。薫の言うように物議をかもすかもしれない。けれど、それを恐れていては何も変わらない。

書きたいと思う。でも覚悟を問われると咄嗟に言葉が出なくなる。

自分の弱さを目のあたりにして、どうするべきかわからなくなっていく。

頭を振って、天を仰いだ。昨晩、波の音を聞きながら眺めた満天の星はちっとも見飽きなかった。しかし、どこからかこもった人の声が聞こえる中途半端な静けさのなかで眺めるそれなりの星空には、心を癒されなかった。

私は、スマートフォンを手にして、メッセージアプリやメールをチェックし始めた。タブレットも一応持ってきたが、取材の復習をする気分ではなかったのだ。

会社の同僚の飯塚さんからメッセージが届いていて、さらに気持ちが落ち込んだ。メッセージを開きたくなかったが、無視して電話がかかってくるのも煩わしいので、仕方なく目を通す。

〈河合さん、チーフに、有休は権利だとか言ったんだってね。そんなことわかっているけど、みんな我慢しているんだよ〉

〈河合さんだけ、権利を持っているわけじゃない。ほかの人の気持ちを考えて、そういうことを言わない方がいいよ〉

〈とにかく、今日もみんな出勤して頑張ったから〉

〈ていうか、別に河合さんがいなくても、なんとかなったから〉

〈チーフも、河合さんが辞めてもやっていける、いてもいなくても変わらない人だって言ってた〉

読み終えて、息苦しくなってきた。

「いてもいなくても変わらない人だって言ってた」

とりわけ最後の言葉は、私の心をえぐる。

わかっている。どこにいても、私は、取るに足らない存在なのだ。

立ち上がり、歩きながら深呼吸し、速くなった呼吸が落ち着くのを待った。しばらくして立ち止まり、飯塚さんに返信を打ち始める。

〔ご迷惑をかけてすみませんでした〕
〔ちゃんと埋め合わせします。ごめんなさい〕

文字を入力し終え、送信ボタンを押しながら、唇をきつく嚙み締める。

スマートフォンの電源を切ってしまいたい衝動にかられた矢先、編集者の深瀬さんからのメールが着信した。深瀬さんは、最終選考に残ったと連絡をくれた人で、そのとき「河合さんに受賞してほしいんです」と言ってくれた。落選したときも「来年は必ず獲りましょう」と励ましてくれたのだった。深瀬さんは、私のことを、軽んじてはいない。

私は、「ご無沙汰しております」という件名のメールをすぐさま開いた。

河合葉奈様

お世話になっております。暑い日が続いておりますが、いかがお過ごしでしょうか。

そろそろ、応募作品の執筆を始められた頃ではないかと思い、メールをいたしました。どんな感じでいらっしゃいますか。とても期待しています。次は、ぜひ、河合さんに大賞を獲っていただきたいと思っていますし、獲れると信じています。

河合さんは、もっとはじけて、化けることができると思います。もし、なにか私が手伝えることがありましたら、遠慮なくいつでもご連絡くださ い。お原稿を読んで意見を差し上げるだけでなく、テーマの相談などでも構いません。

深瀬真紀拝

これこそ天の助けだ。神様は私を見捨ててはいなかった。

今日はジェットコースターのように、気持ちが上下する。

私は興奮気味に、タブレットでメールサーバーを開きなおし、深瀬さんに返信を打った。

書こうとしている題材についての詳細、取材に来ていることとその成果、平良さんに言われたこと、それに対し自分が思うこと、すべてをあらいざらい吐露した。そしてどうしたらいいかわからず混乱しているのでアドバイスが欲しいと伝えた。その結果、とても長いメールになった。

文字を打ち終えて、ひとつ深呼吸をする。

こんなに赤裸々に書いてしまってよいのだろうか。

いざとなると、腰がひけてくる。恥ずかしい。だけど、藁(わら)にも縋(すが)りたい思いが勝り、えいやっと送信していた。

ひとりで悩まなくていい、そう思うと、疲れがどこかに飛んでいく。

私はもう一本缶ビールを買って部屋で飲もうと、ベランダを出る。すると、二階の部屋のひとつから、声が漏れ聞こえてきた。どうやらさっきの若い子たちのようだ。二階にいるということはやはり客ではないらしい。くっ、くっ、ははは、という笑い声に、テレビだかネットだかの音声が重なって聞こえてくる。

笑い声っていいものだなあ、などと明るい気持ちで階段を下り、食堂に行くと、比嘉さんが厨房(ちゅうぼう)で片付けをしていた。

「ごちそうさまでした。とても美味(おい)しかったです」

私は声をかけて、小鉢と盆を返す。

「よかったです。わざわざ持ってきてもらってすみません。置きっぱなしでいいのに」

「ちょうど、缶ビールをもう一本いただこうと思っていたので」

「あら、そうですか。ちょっとお待ちください」

比嘉さんは、冷蔵庫からオリオンビールを出して、はい、と差し出し、にこりと笑う。誰のものであれ、人の笑顔を見るのは、やはりいい。楽しそうにしていたことを覚えているというキヨさんの気持ちがよくわかる。とくに比嘉さんはよく笑い、その笑顔は、とても素敵だ。こちらの気持ちが思わず和む。そういえばさっきのあの子たちも、よく笑う。血縁なのだろうか。

「あのう、二階にいた女の子たち、ご親戚ですか？」

「ああ、あの子たちですか？　実は、ここ、一階はゲストハウスにしていますが、二階はシェルターなんです。最近始めたばかりなんですけど」

「シェルター？」

「はい。行く場所のない子たちや、困った境遇にある女性、子連れのシングルマザーなんかが逃げてこられる場所にしたいなと思っています。まあ、私自身もシングルマザーなんですけどね。娘も働き始めて家を出たので、部屋に余裕もあるし、なにか役に立てればと……」

「そうですか。じゃあ、あの子たちも、困っているってことですか？」

「家庭や学校に居場所がない子たちです。あ、大丈夫です。ゲストハウスのお客さんに迷惑をかけたりするようなことはないですから。せいぜい掃除や洗濯を手伝わせるぐらいです。安心してください」

「いえ、そういう意味じゃないんです。明るそうで、そんな境遇の子たちには見えなかったから」

「小説家としては、気になりますか？」

「まだ小説家ではないですけど、そうですね。なぜ比嘉さんがシェルターを始めたのか、が気になります」

「じゃあ、ちょっと一緒に飲みましょうか。未来の作家さんに特別に教えてあげましょうね」

比嘉さんはそう言うと、棚から泡盛の瓶を出してきたのだった。

藍色の瓶を見ていると、波音の届かない海の底が想い起こされる。私は、深い海に沈み、耳を塞がれたような感覚だったが、深瀬さんのおかげでどうにか海面に浮き上がり、波のうねりを感じることができそうだ。

八

さざめく波音がやさしく耳に響く。

潮がひいた砂浜でアサリを集めながら、ふと手を止める。早朝のやわらかな陽光がわたしを包み込んでいる。心地よさに思わずまぶたを閉じた。

父とともにこの海で遊んだことが思い出される。泳ぐのが楽しくて仕方なかった幼いころの記憶。貧しくても、笑い声がそこかしこに満ちていたあのころ。

目を開けて、水平線を遠く見やる。きらめく水面は美しく、わたしを渚へ、沖へ、といざなう。だが、いまはもう、海に入ることはない。岸辺に来るのは、貝や海草を探すためだけだ。そうやって働くばかりの日々がずっと続いている。それに、海女でもないのに女の身で泳いだら、はしたないと、白い目で見られてしまう。

「なにをぼうっとしているの」

姉さんにどやされて、慌てて貝集めの作業に戻る。地主の家に住み込みで下働きをして、三月が過ぎている。それまでは、伯父さんの家で網をつくろったり、魚を仕分けたり、貝や海草を採るのを手伝っていた。地主の家の仕事はまだ不慣れで失敗も多く、ともに働く姉さんは、いつもわたしに苛立ち、「あんたがのろまだとあたしが叱られる」とぼやく。姉さんには、きょうだいが七人もいて、十歳にならないうちから外に出され、この家で働いているという。

「あんたんとこは、弟だけでしょ」とたびたび言われる。だが、漁師だった父は弟が生まれてまもなく事故で亡くなり、その後働きすぎてからだを壊した母はたいした仕事ができず、わたしの家も、極貧であることに変わりはない。そもそも、貧しさを比べても、なんの意味もない。ごくひとにぎりを除いては、集落のほとんどが貧しいのだ。

桶の半分ほど集めたアサリを携え、地主の家に戻った。明日は秋夕の茶礼がある。その準備のため、人の出入りが激しい。食材を届けに来るひとびとに加え、手伝いに来る人など、ほとんどが同じ集落の見知った顔だ。その中に、軍服姿の男が、訛りや風情からして地元の人間ではなさそうな男と一緒に来ていて、主人が丁重にもてなしていた。

なぜよそものの彼らが、茶礼の前日にここに来ているのだろう。

汲んできた水でアサリを洗いながらいぶかしんでいたが、しょせん自分には関係ないので、それ以上考えるのはやめた。

アサリを塩水につけると、ぷくぷくと泡をふいて砂を吐きはじめる。環境が変わり、もがいているのだろうか。まるで追い詰められて生きる半島の民のようだ。わたしはそのさまをしゃがんでしばらく眺めていた。

アサリは人間に食べられて命尽きる運命だが、わたしたちはこの先どうなるのだろう。

「ちょっと話があるんだけど」

声に振り向くと、奥さんが傍らに立っていた。話しかけられたことなどほとんどないので、驚いて身構える。

なにか粗相をして姉さんに言いつけられたのだろうか。

まわりが忙しく動く中、ぼんやりとアサリを眺めていたことを、とがめられるのだろうか。

「すみません」

頭を下げたら、奥さんは、あらどうして謝るの、と訊いてきた。

「それは、そのう」

「いい話があるの。こっちに来てちょうだい」

言われるがままついていき、厨房から中庭に出た。茶礼につかう食器を拭いていた姉さんが、こちらを不思議そうに見ている。

奥さんは、中庭の隅で立ち止まった。

「大陸で稼げる仕事があるらしいの。あなた、行ってみたらどうかしら？」

わたしは、意外な提案に戸惑った。

「なぜ、姉さんではなくてわたしに？」

姉さんにちらりと視線をやると、まだこちらを見ていた。

「ああ、それはね。長くいるあの娘がいなくなるとうちが困るでしょう。あなたなら、日も浅いし。歳も若い方がいいっていうから。あなた、たしか、十七、だったかしら」

「はいそうですけれど」

つまり、わたしは、ここでは役立たずで、いらない人間だということか。いい話というが、喜ぶべきなのかどうかわからない。

「どんな仕事でしょうか」

「私もね、詳しくはわからないのだけど、部隊で兵隊の世話をするみたいよ。簡単な仕事ってことだから、きっと、洗濯とか、炊事じゃないかしら。いまあなたがここでしていることと、たいして変わらないでしょうね」

「それで、たくさん稼げるんですか」

「大陸まで行くから、給金もいいんじゃないかしらね。あなたが稼いだら、お母さんも助かるでしょう」

そう言われても、大陸なんて遠いところに行くのは、気が進まない。それに、兵隊のそばで働くのも怖いような気がする。言葉も通じないし、戦地は危なそうだ。

黙っていると、奥さんが、せっかくの、と続けた。

「いい話だから、行きなさいな。ずっと行きっぱなしってわけでもないでしょう。戦争に勝ったら帰って来られるんだから」

そうだ、戦争には必ず勝つだろうから、そんなに長い間ではないだろう。そして、稼げる、という言葉は、魅力的だった。仕事もたいして難しくはなさそうだ。伝え聞く限り、有利な戦いなのだから、危険というほどのこともないだろう。

これで、母に楽をさせてあげられる。弟が空腹で泣かなくてすむ。もしかしたら、学校にも行かせてやれるかもしれない。

わたしは、前向きな気持ちになっていた。

「はい、行ってみます」

答えると、奥さんは、ほっとした顔で、よかった、と言った。

「じゃあ、早く支度なさい。荷物は最小限でいいそうよ。あっちには何でもそろっているんですって。身ひとつでいいくらいですってよ」

「これから支度するんですか？　母や弟に会ってから行くことはできますか？」

「それはできないの。すぐに連れて行く、ってことみたいだから」

わたしは、そんな、としか言葉が出なかった。すると奥さんが、だいじょうぶよ、と力強く言った。

「私が、ちゃんとあなたのお母さんに伝えておきますから。この機会は逃さないほうがいい。ほかの娘が代わりに行ってしまうわよ。もったいない」

わたしは、姉さんの方をふたたび見た。姉さんは、せっせと食器を拭いていて、もうこちらを見てはいなかった。

たしかに、稼げる仕事を、ほかのひとに譲りたくはない。

「わかりました」

三か月前に別れたときの母は、おそろしく顔色が悪かった。わたしの掌(て)を弱々しく握って咳(せ)き込んでいた。そんな母とまだ幼い弟を置いていくのは心苦しいが、仕方がない。

わたしは、奥さんに、「母によろしく伝えてください」と深く頭を下げた。すると、奥さんのチマについている、翡翠(ひすい)のノリゲが目に留まった。

ノリゲの薄い緑色が溶けるように広がり、やがて海となる。沖には穏やかに波がたち、白い砂浜が目の前に現れた。

わたしは、岸辺に佇(たたず)み、翡翠色の海に向かってうたおうと、息を吸う。

しかし、声が出ない。苦しい。

顔がひりついて、ものすごく痛い。

「ほら、水さ、水」

声がしたと同時に、翡翠色の海が視界から消えていく。

唇が湿り、口内が潤ってくる。わたしはそのわずかな水をごくりと飲みこむと、目を開けた。間近に、皺(しわ)だらけの浅黒い顔がある。

「気がついたね」

男は、わたしの手をとって、よかった、よかった、と目じりを下げた。

この人は誰だろう。見たことがある。声も聞き覚えがある。

「ドクター、ドクター」

男が叫んだ。

何を言っているのだろう。意味がわからない。

そしてここは、どこだろう。わたしは、海辺に立っていたのではなかったか。

あたりの様子を探ろうと首を動かしたら、激痛が走った。

「動いちゃいけない」

男が、わたしの頭をそっともとにもどした。すると見えるのは、大きな布が張られた天井だ。

頭をはたらかせて、自分の置かれた状況をつかもうとするが、痛みが走り、深く考えることができない。意識も朦朧（もうろう）としていた。

また違う誰かが顔を寄せてくる。見たことのない瞳（ひとみ）の色だ。青みがかった灰色。そして、高い鼻。白い肌に赤茶色い髪の毛。

わたしは、息が止まりそうになる。

敵だ。

次の瞬間、防空壕での恐怖が、なまなましく蘇（よみがえ）った。

からだががたがたと震え、制御できない。この場から逃げたいが、手も足も硬直して思うように動かせない。それでもせめてと、喉の奥から声を絞り出すが、ひゅーひゅーと息が漏れるだけで、意味を成す言葉にならない。

「大丈夫さ。怖がらなくていい」

ああ、そうだ。この男は、キンジョーだ。やっと思い出した。豚小屋で途方に暮れていたわたしを助けてくれた。しかし、なぜ、キンジョーは、敵の男と一緒にいるのだろう。

「このひとは、医者さ、医者。あんたを治してくれる」

敵の男は、わたしに微笑みかけてくる。なにがなんだかわからない。

「ここは、収容所だ。あんたは、ひどいやけどを負ったんだ。まる一日意識を失っていた。アメリカーの医者が治してくれている」

やけど? なぜ?

わたしは記憶をたどっていく。

猛烈な熱さとガソリンの臭い。髪が、皮膚が、服が燃えるばちばちという音。

すさまじい痛みと苦しみ。

ああ、あれは、ガマの中のできごとだ。わたしは、炎にみまわれた。

状況を理解する。つまり、さっきまでわたしは、気を失って、故郷を離れた日のことを夢に見ていたわけだ。しかし、わたしを焼いた敵がわたしを治していることは、うまくのみこめない。まぶたをきつく閉じて考えようとするが、痛みがわたしを支配し、それどころではない。

「痛いかね？」

わたしは目を開け、かすかに顎を引いてうなずいた。

ずきん。

刺すような強い痛みが首元を走り、痙攣した。

「モルヒネを打ってもらったら、すこしは楽になるさ」

キンジョーは、鼻の高い医者に、うん、と合図をした。すると、医者は、わたしと視線を合わせてまばたきをした。まつげが長い。

医者は、そっとわたしの腕をとった。わたしはもう抵抗しなかった。医者は優しそうだし、キンジョーもそばにいるから、悪いようにはされないだろうと信じるしかなかった。そして、注射針を刺されながら、大陸で六〇六号を打たれたときのことを思い出していた。あのときの軍医は、ろくにわたしの顔を見ることなく、乱暴に器具をつっこんできたのだった。

わたしは、包帯を巻きつけられ、目と口、耳と鼻の穴だけが出た状態で、テントの中に仰向けで寝かされている。キンジョーによると、おもに、からだの前面にやけどを負っており、頭と顔、首がひどいらしい。服も燃えたが、すぐにキンジョーが火を消してくれたので、肩から下は軽度ですんだという。

「熱もあるし、傷にもよくないから、動いちゃいかん」

キンジョーは、濡らした布をわたしの口に当て、水を飲ませてくれながら、「ほんとうに、生きていてよかったさ」と、しみじみとした調子で言った。

そうだろうか。わたしは、生きていてよかったのだろうか。

痛みにさいなまれて動けない、口もきけない。こんな状態なら、死んだ方がましだったのではないか。

けれども、こうして、わたしが生きていることを喜んでくれるキンジョーがいるなら、死なずにいた意味もあるのだろうか。

「やけどがよくなれば、動くこともできるさ、きっと」

キンジョーは、自分に言い聞かせているかのような口ぶりだ。

「あんたのこと、娘だって言ったのさ。じっさい、死んだ娘と歳も近いからね」

それからすこし間をおいて、だけど、とささやくように言い、周囲を見回して続ける。

「チョーセナーの女たちは、別の収容所に集められているって聞いた」

つまり、その収容所に行けば、コマチやアケミ、シノブが見つかるのだろうか。

わたしは、三人に会いたくてたまらなくなった。なんとか、生き延びていてほしい。だが、そこは安全なのだろうか。

敵の男たちに、どういう扱いをされるのだろうか。

さっきの医者みたいに、人間扱いをしてくれるのだろうか。

「とにかく、だ。やけどが治るまでは、私といればいい」

うん、と顎を動かすと、さっきよりは痛みがましだった。

「娘の名前は、シズコだ。これからはあんたをシズコと呼ぶよ。シズコ、腹が減っただろう。なにか持ってこよう」

キンジョーは立ち上がって行ってしまった。

シズコ、シズコ。わたしの今度の名前はシズコ。

新しい名前を頭に刻み込んだ。この名前は、わたしを守ってくれるようだ。

だが、いつになったら、わたしは本来の名前を取り戻せるのだろう。その名でわたしを呼ぶ人たちのもとに帰れるのだろう。いや、わかっている。その名で呼ばれることは、もう二度とない。そう思うと、傷の痛み以上に、心がうずいてくるのだった。

キンジョーが持ってきてくれたのは、アイスクリイムという白い粘液状の甘い食べ物だった。口を大きくあけられず、咀嚼（そしゃく）がうまくいかないわたしにも、やわらかくて難なく食べられた。

わたしが寝かされていたのは病院として充てられたテントだった。キンジョーは、つきっきりで看病してくれた。夜もわたしの寝台のすぐ横で、地面にそのまま寝ていた。わたしたちは、炊いた米や粉状の卵、缶詰の肉を食べた。それらはまずまずの味で、わたしは、缶詰の肉がとくに好きだった。塩味が濃くて、あとを引く。

彼らは敵なのに、傷を治療してくれたり、食べ物を配給してくれたりするのが、わたしには不思議だった。兵隊から聞いていた話とあまりにも食い違う。

戦争はもう終わったのだろうか。

問いたいが、声が出ず、言葉を発せないので、どうしようもない。

十日ほどして発熱も落ち着き、手を借りて起き上がったり、すこしばかり歩いたりするようになると、わたしはここを出なくてはならなくなった。病人があまりにも多くて、よほどの重病でもない限り、病院からはすぐに出されるのだ。

土砂降りの雨の中、病院の外に出ると、足元はべちゃべちゃにぬかるんで歩きにくかった。それでもキンジョーに支えられながら、もらった敵の軍服の上衣を傘にして、どうにか歩を進めたが、目的の場所はずいぶん遠かった。雨はよこなぐりで、包帯も服もずぶ濡れになる。これからもこの距離を歩いて病院までやけどの治療に行かなくてはならないと思うと、うんざりする。

収容所は、有刺鉄線に囲まれていた。そして、広い敷地内には、廃材で作った即席の掘立小屋や、急ごしらえのテントが混在している。

たどり着いた掘立小屋には、何世帯もの家族がぎゅうぎゅう詰めになっていた。

「昨日も一昨日も、たくさんの人間があらたに収容されて来たさ。どこも人がいっぱいで岩陰で暮らしている人もいる。ここに入れてよかった」

キンジョーは、わたしが横になれる場所を確保してくれたが、小屋の中は蒸し暑く、ひとびとの体臭が強烈に漂っていた。戦場を逃げまどうなか、腐臭や死臭を含むこうした悪臭は日常的だったが、それらに慣れるということは決してない。不潔で騒がしくもあり、病院のテントに戻りたくなる。

もちろん、ここにいるひとびと同様、わたしもキンジョーも、ガマにいたときの恰好のままで、清潔とは程遠かった。わたしはやけどにガーゼを当て、包帯を巻いた上に、ところどころ焼け焦げた絣柄の着物を羽織っている。実は医者が、自分たちの軍服を持ってきて着替えるように促したが、わたしはそれをかたくなに拒んだのだった。

「アメリカーのを着たくないのもしょうがないね。そりゃあそうだろうね」

キンジョーが、わたしの代わりに受け取っていた。さっき傘にしたのはその軍服だ。

わたしは、自分を焼いた男たちが着ていたものと同じものを身に着けるなんてまっぴらだった。それだけではなく、キヨさんの着物をどうしても手放したくなかったのだ。

キヨさんは、どうしているのだろう。

着物を貸してくれたときの、キヨさんの笑顔が思い出される。

あの小さな島は無事だろうか。

翡翠色の海は、いまも静かに波打っているのだろうか。

「さあ、ここに座りなさい」

キンジョーの声で現実に引き戻された。彼は、敵の軍服を広げていた。

「ほんとうなら、服を着替えたほうがいいが、まあ、いい。アメリカーの服は、尻に敷けばいいさ」

わたしは、広げられた軍服の上衣に腰を下ろしたが、かなり濡れていて、あまり座り心地はよくない。

「ここにいれば雨はしのげるし、配給の食べ物がもらえる。なにより、もう逃げ回る必要がない。弾に当たる心配もないさ。それに、出身の地域ごとに暮らしているから、知った顔がいて安心だ。生き残っていてくれたものたちがいて、よかった……」

キンジョーは話し続ける。だがわたしは、こちらを見つめる女性の視線を感じて落ち着かず、上の空になった。

顔に包帯を巻いているから、気味悪がられているのだろうか。

いや、そんなことはないだろう。けがをしているのは、わたしだけではない。テントの中には、掌がない人や、片目がつぶれている人だっている。けがをしていなくても、痩せこけていたり、ぼろぼろの衣服を身にまとっていたり、裸同然の子どももいる。みんなみすぼらしい恰好で、痛々しい様子だ。顔の包帯なんて、たいして珍しくもない。

それなのになぜ、あの女性は、わたしをじろじろと見るのだろう。

島の人間じゃないと気づかれているのか。

まさか、半島の人間だと疑われているのか。

わたしは、彼女のまなざしを避け、うつむいた。

「ヨシモリさん」

顔をあげると、さっきからわたしを凝視していた女性が、キンジョーに話しかけていた。ふたりは、よく知っている仲のようで年齢も同じくらいに見える。そして、わたしは、キンジョーの名前がヨシモリだと知る。

「ツルコさん、生きとったかね。家族はみんな無事かね」

ツルコは、頭を振った。

「わたしだけ、逃げるときに転んだから、かえって助かったさ。みんな、機銃掃射でやられたね。勤皇隊に行ったエイキは、どうなったかわからんね」

「そうか、それは……つらかったね」

「ヨシモリさんとこは？」

そう言って、ツルコはわたしの方を見る。

「生き残ったのは、シズコと私だけだ。ほかの家族は、ガマの中で死んだよ。シズコは見た通り、やけどした」

キンジョーはそこでため息を吐いた。

「そう。たいへんだったね。シズコちゃんもねー」

ツルコは返事を待っているのか、しばらく黙ってわたしを見下ろしていた。

心臓がばくばくと騒ぎ立てるが、動揺を悟られないように視線を受け止めたままでいた。そうしながら小さく息を整え、心を落ち着かせるよう努めた。

「シズコは、口がきけなくなってしまったのさ」

キンジョーが言うと、ツルコは、「そりゃかわいそうにね」と、丸っこい顔をくしゃっとして大きな目を細めた。

「そうだ」

ツルコは、キンジョーの方に顔を向けた。わたしは、彼女の視線からやっと逃れられて、安堵(あんど)する。シズコだと思ってくれたようだ。

「夜はシズコちゃんをテントの外に出さないように。便所にも行かせたらいかん」

険しい顔になっている。

「便所にも？　どうしてさ？」

「女がアメリカーにやられるからさ」

その言葉に、静まりかけたわたしの心臓が、ふたたび早鐘を打つ。

「ここで、そんなことが」

キンジョーも驚いて、声が大きくなっていた。

「それで、交代で見張りに立っているのさ。だけど、なにしろ、男が足りないからね。いても、子どもかおじいだからね」

「そうか、じゃあ、私も手伝わなければいかんね。女たちを守らなければいかんね」

「そうしてくれると助かるね。あっちにシマブクロさんがいるから、ちょっと行って挨拶したらいいさ。区長になっているからね。わたしが連れて行こうね」

キンジョーは「そうね。行こうかね」と答えると、わたしに向かって、「シズコ、ちょっと行ってくるから、横になっていなさい」と言った。そしてツルコとふたりで小屋を去った。

わたしは絶望で胸が張り裂けそうだった。

ここでもまた、慰みものにされるのか。

せっかく友軍のくびきから逃れたのに。

傷を診てくれた医者がいい人だったから、油断していた。やはり、敵の男どもは、悪魔なのか。

いいや、そうとも言い切れない。いい人もいれば、ひどい輩もいる。それは友軍も同じだ。わたしのからだをさんざん痛めつけた男もいれば、なにもせずに話だけして、乾パンをくれた男もいた。

しかし、いくらいい人間がいたって、わたしがそれで救われたわけではなかった。その一瞬だけはありがたかったが、ほかの男から守ってくれるわけではなかった。わたしがつねに、男の餌食にされてきたことにかわりはない。

この収容所では、島の女たちが、わたしみたいに、穴にさせられ、傷つけられている。

だが、わたしたち半島の女と違うのは、少なくとも彼女たちには、守ってくれようとする島の男たちがいることだ。わたしたちには、そんな存在はなかった。

なぜ半島の女というだけで、軽んじられてしまうのだろうか。騙されて連れてこられなければならなかったのだろうか。島の女とわたし、どこが違うのか。同じ人間ではないか。

万が一、わたしが、キンジョーの娘のシズコではなく、半島の女だとわかってしまったら、島の男たちはそれでもわたしを守ってくれるのだろうか。態度が一変して、むしろ島の女たちのために、この身を差し出すように強いられるのではないか。大陸でも、小さな島でも、この島でも、わたしたちは、ほかの女たちの貞操のため、生贄にされてきた。収容所でだって、同じことが起きるのではないか。

これまでは、半島に生まれ落ちたばっかりにこんなことになったのだ、仕方ない、これは運命だ、と諦めてきた。そうでなければ、地獄のような日々を生きてこられなかった。理不尽さを、悔しさを、感じ続けていたら、命を絶つしか道はなかっただろう。そして実際に、みずから死んでいった仲間を少なからず見てきた。

振り返ってみると、わたしが心を殺してからだを生かしてきたのは、たぶん、戦争に勝ったら自由になれるかもしれないという、かすかな望みを持っていたからだ。汚されたからだで故郷に戻ることはできなくとも、男たちからは解放されると思いこんでいた。故郷でなくともいいから、半島のどこか片隅でひっそりと、ひとりで生きていこうと考えていた。それがかなわないのなら、せめてあの小さな島で、翡翠色の海を見ながら暮らしたかった。

だが、いまは、戦争に勝つことは決してないだろうと、わたしでも理解できる。それどころか、とっくに負けているのかもしれない。そして、友軍の兵隊に代わって、屈強な敵の男たちの魔の手が、あらたにわたしのすぐそばに迫っている。

わたしは、キンジョーからまっとうな人間として扱われ、守られているうちに、もう二度と欲望のはけ口とされるのは耐えられない、と思うようになった。だれかの犠牲にもなりたくなかった。

娘と偽れるうちは、キンジョーはこれからもわたしを守ってくれるだろう。だが、もしわたしが半島の女だと周囲に知られたら、はたして彼は皆の前で堂々と庇護してくれるだろうか。

戦場では、わたしがどう見られようと、見知らぬひとびとのあいだを一緒に逃げてくれたキンジョーだが、よく知った、集落の人たちがいるここでは、事情が違うのではないだろうか。

もしかして、わたしは、捨てられるのではないだろうか。別の収容所に送られてしまうのではないだろうか。

そう思うと、恐ろしくてたまらなかった。ここで島の女たちが餌食になっているなら、別の収容所で半島の女たちが敵の男からひどい目にあっているのは、想像にかたくない。

いやだ。ぜったいに、その収容所に行きたくない。

ふたたび、穴にされたくない。ふつうの人間として生きていきたい。

わたしは、なにがなんでも、半島の女だと気づかれてはならない。このまま、大切な女として、島の男たちに、キンジョーに、守られていたい。

着物から出ている手足を隠し、背中を丸めて両脚を両腕で抱え、縮こまる。わたしは、シズコ。わたしは、シズコ。わたしは、シズコ。わたしは、シズコ。わたしは、シズコ……。

刷り込むように心のうちで必死に唱えた。

その日の夜、キンジョーはさっそく見張りに立つため小屋の外に行き、わたしはひとりでからだを横たえていた。ひとりとはいえ、隣とは息遣いが聞こえるほどしか離れていない。横では老女が三、四歳ぐらいの女の子を抱えている。ふたりはこの状況に慣れているのか、それとも事情をよくわかっていないのか、すやすやと寝息をたてて深く眠っていた。

気持ちが張り詰め、眠気がまったくやってこない。敷いた軍服の上衣も、自分の服や包帯も、湿っていて気になる。戦場をキンジョーと逃げ回っているときには、ガマのごつごつとした岩肌ででも、湿った地面ででも、つかの間の眠りをむさぼれた。あれはきっと、彼が傍らにいてくれたからだ。

やけどの痛みもじんわりと襲ってきて、すっかり眼が冴えてしまった。わたしは眠るのを諦めて、仰向けから半身を起こす。ふきさらしの小屋の外は、雨があがっていた。灯を携えて見張る人もいて、様子がうっすらと見える。いくつかの黒い影が、棒のようなものを持って、まばらに立っている。

がんっ、がんっ、がんっ。

がんっ、がんっ、がんっ、がんっ。

突然、金属を叩く音が、鳴り響く。頭の芯まで響くほど、強い音だ。

わたしは驚いて立ち上がった。隣に眠っていた女の子が飛び起きて泣き出し、老女がなだめている。小屋の中で、女たちが肩を寄せ合っている。わたしはわけがわからずうろたえ、両手で耳の穴をふさいだ。

「シズコちゃん、だいじょうぶだからね」

ツルコがわたしのそばに来て、やさしく肩を抱く。彼女の掌のぬくもりを感じていると、久しく忘れていた母の顔が浮かんできた。憔悴し切った表情でわたしの掌を握っていた母と別れて四年近くが経っている。

がんっ、がんっ、がんっ。

がんっ、がんっ、がんっ。

がんっ、がんっ、がんっ。

音は鳴り続け、母の面影は、頭の中から消えていく。

目を凝らして見ると、男たちが、ドラム缶を棒で叩いていた。

収容所には、病院のほかに警察署や軍事務所、配給所、孤児院、養老院があるとキンジョーから聞いた。そしてここに毎日人が大量に送り込まれてきて、収容者がふくれあがっていた。それに連れてますます衛生状態は悪くなっていき、便所とされた場所などは目も当てられないほどで、そのうちひとびとは、好き勝手にそこらじゅうで排泄をするようになった。糞尿を避けて歩くのがたいへんなほどだ。

わたしのやけどは、不衛生からか、膿が出て乾かず、なかなか治らなかった。戦場での傷を悪化させるものも多数いて、毎日のように死体が運ばれていき、埋葬されていく。さらに、水不足でろくに洗えず、シラミでからだじゅうがかゆく、ちょっと油断すると掻きむしってしまう。小屋のひとびともみな、同じように、気づくとからだを掻いている。わたしは逃げ回っているころからしばらく月のものが来なくなっていたのでことなきをえているが、女たちは月のものが来ても当てる布も足りず垂れ流し状態で、モンペの股のあたりが血液で赤黒く固まり、ごわごわになっていた。

また、収容所内ではマラリアにかかるものが後を絶たない。いまは元気でも、いつか自分もマラリアにかかるかもしれないという不安がつきまとう。

そんななか、すっかりわたしをシズコだと信じ込んだまわりのひとびとが、顔から首まで包帯を巻いて口もきけないことを不憫がって、わたしを優しく扱ってくれる。

とくにツルコはなにかと世話をやいてくれた。そういう態度に接すると、わたしの心は、ほんのすこしだけ上向く。明日も生きていようと思う。

しかしながら、けたたましくドラム缶を叩く音は、深夜に頻繁に鳴り響き、安心して睡眠をとることはかなわなかった。女を襲いに来た敵を追い払うために、見張りの男たちが騒音を起こしているのだ。ほかの集落の人たちが住む場所でも自衛は行われ、ドラム缶だけでなく、鍋やヘルメット、ありとあらゆるものを叩く音が毎晩のように収容所のどこかで響く。それでも家族や知人の目の前で犯されたり、連れていかれたりすることが相次ぎ、みな怯えて夜を過ごしている。絶望の色がひとびとの顔に滲み出る。圧倒的な暴力の前に、男は女を守り切ることができなかった。男も女もすべての者が、敵の前に無力だった。

そうして時間は過ぎていき、わたしがここに来て二週間もすると、食糧事情の悪化から、動ける女たちが芋ほりに出るようになった。すると、今度は彼女たちが作業中に敵の男に襲われるようになる。それを防ぐため付き添った島の男と、女を狙ってきた敵の男が争いになり、島の男が死ぬような事件まで起きた。

見上げると、開けた空が広がり、そこには太陽がさんさんと輝き、くっきりとした厚い夏の雲が浮かんでいる。戦闘機がやってくることもなく、弾が飛び交うこともない、平和な空が収容所を覆っている。しかし、その下では、女たちが昼に夜に、凌辱される脅威にさらされていた。

　島の女もわたしも、誰であろうと、どこに行っても、女である限り、平和は訪れないのだろうか。

　わたしは、女に生まれたことが悔しくてたまらない。


　長かった雨の季節が終わり、灼熱の太陽が顔を出すようになったころ、わたしとキンジョーは、集落のひとびとともに収容所を移された。

　今度の収容所は、それまでいたところよりも広かった。けれども掘立小屋やテントなどがずらっとたちならぶ様子は似たり寄ったりだ。およそ雨風さえもしのげないような、木片に枝でできた住み処もある。それらはやはり集落ごとに区分けされていて、わたしたちはまた掘立小屋でいくつかの世帯と雑居した。いまにも崩れそうなほど粗末な掘立小屋は密集しており、まわりに張られたロープや有刺鉄線に衣類が干され、裸同然の子どもたちがうろうろしている。

　狭くて不衛生なだけでなく、夜に敵の男が女を目当てにやって来るのも、前の収容所と変わらなかった。それだけでなく、友軍の敗残兵が食料や生活品を盗みに来ることもあったので、男たちが交代で歩哨に立つことは続いた。夜に打ち鳴らされる音が途切れることはない。

わたしは、いっこうに喋ることができないが、それはかえってわが身を救ってくれた。疑われずに、シズコとしてすっかり集落のひとびとに溶け込んでいる。こうなると、顔のやけどがよくなって包帯をとったらどうなるかが心配だった。したがって病院へ治療に通うことはしなかった。できることなら、ずっと治らずに包帯を巻いていたいくらいだ。キンジョーは病院に行くようにわたしをたびたび促したが、強制はしなかった。

そのうちやけどはじくじくとして化膿し、痛みがぶり返してきた。からだも熱っぽい。それでもわたしは我慢した。こんなことになるなら、壕の病棟でひまし油を使い切らなければよかった。あれがあれば、自分で多少はやけどの手当もできたのではないだろうか。やがて、からだから生臭いにおいが漂い、ひとびとがわたしを避けるようになった。だが、ツルコだけは変わらず親切にしてくれる。

到着後すぐに配給された食料は、米、豆、砂糖、油、塩、缶詰が四日分程度で、それらはすぐになくなった。食糧事情はかなり悪く、使役作業班に入れば一食分の配給券がもらえたので、キンジョーはそこに入り、できるだけ働いた。

だが、食料はとうてい足りず、いつもひもじかった。わたしはわずかでも足しになるようにと、収容所の敷地内で雑草を探したが、すでにひとびとが採りつくしていた。だから監視の目を盗んではツルコと一緒に有刺鉄線を越えて食べられる草を近辺に採りに行った。海岸で海草や藻をとってくることもあった。ほとんど知らない種類ばかりだったが、ツルコに倣った。そんなときは、小さな島で女たちとタンディを探したことが思い出され、彼女らが恋しくて寂しくてたまらない気持ちになった。

その日は、ツルコの姿が朝から見えず、ひとりで野草を採りに行った。食料が枯渇していて、なんでもいいから口にすることができるものが欲しかったし、もう慣れてきたので、ひとりでも大丈夫だと思ったのだ。

わたしは小さな島での思い出に浸りながら、食べられそうな草を物色した。見つけたのは採ったことのない野草だったが、たくさん生えていたので、ちょっとでも腹が満たせればとせっせと集めた。タンディがあればよかったが、そもそも季節外れだった。

収穫した雑草を、タンディのように味噌で和えて、夕食として食べた。ちょっとあくが強かったが、それほど抵抗はなかった。キンジョーは一口だけ味見したが、顔をしかめ、それ以上食べなかった。

「シズコ、これは食べない方がいいんじゃないか」

そう言われたが、もったいないので、キンジョーが残した分もぜんぶたいらげた。

食事のあと半時もせずにむかつきを覚え、わたしは激しく幾度も嘔吐した。脂汗が出て、からだが冷えるような感覚になり、震えが起こる。キンジョーは、うろたえたが、すぐに苦しんでいるわたしを背負って病院のテントに連れて行った。

この病院では、敵の医師にまじって、医師や看護婦として島の人たちも働いており、幸いわたしを診てくれた中年の医師と若い看護婦は、島の人だった。

わたしの胃の中は、吐ききって空っぽになっており、えずきも治まっていた。そのため医師は、やけどの方を丁寧に診てくれた。

看護婦が頭と顔、首に巻かれた汚い包帯をほどき、膿が染み出たガーゼをはがす。すると医師は深刻な表情になり、これはひどいね、とつぶやいた。

「ばい菌が入ってしまったね。よくなるまで、しばらくこのテントにとどまって治療しないといかんね。熱もあるし、このままじゃ、たいへんなことになる」

「はい、そうさせます、ここにいさせます。どうか治してやってください」

キンジョーが頭を下げる。

「しかし、つらかっただろうね。こんなになるまで我慢して。さあ、からだの方も診てみよう」

そう言うと医師は看護婦に、わたしの着物を脱がすように指示した。すると、キンジョーが慌ててその場からいなくなった。

看護婦は、からだの包帯を取り除くと、「肌が青白くなってしまいましたね」とつぶやいたので、色が白いから島の人間ではないとばれるのではないかとどきりとした。

しかし彼女はそれ以上は何も言わなかった。

消毒後、化膿したやけどに軟膏(なんこう)を塗ってもらい、ガーゼと包帯を清潔なものに替えてもらった。加えて注射まで打たれたわたしは、しだいにうとうとしてきて、やがて眠りに落ちていった。


目が覚めて気づくと、わたしは、白と黒の縦じまの着物を羽織って横になっていた。なんだろう、この服は。

キヨさんにもらった着物はどこにいったのだろう。

わたしは焦ってからだを起こす。キンジョーを探したが、見当たらない。

「どうしたんですか」

看護婦が近づいてきたが、なにも話すことができない。わたしは、着物をつかんで引っ張り、看護婦に見せる。

「ああ、着物は捨てました。焦げてぼろぼろで、汚れてもいたので。それは、洗いたてで清潔ですよ」

捨てた？　あのキヨさんの着物を？

なんてひどいことをするのだろう。

こんなものは、いらない。

わたしは、喉の奥から声を精一杯絞り出すが、荒い息が漏れるだけだった。諦めて、次は着物を脱ごうと試みる。

看護婦は、慌ててわたしの腕を押さえる。

「大丈夫ですか？　もしかして、この着物が気に食わないんですか？」

わたしは看護婦の手を振り払った。その勢いで彼女はしりもちをつく。

自由になったわたしは、寝台から立ち上がって着物を脱ぎ捨てると、包帯を巻いただけの裸で出口を目指した。

キヨさんの着物を探しに行かなければ。

「だれかー。だれかー。止めてくださいっー」

看護婦が叫ぶ。

ただちに敵の男が駆けてきて、出口に達しそうなわたしを羽交い締めにした。抵抗するが、力の差は歴然で、どうにもならない。わたしは敵の男の腕の中で、からだを硬くする。

さっき診てくれた医師も来て、わたしの腕にふたたび注射針を刺す。今度は、瞬く間に意識が遠のいていく。

覚醒したら、わたしは縦じまの着物を着せられ、両手首、両足首を拘束され、寝台に縛り付けられていた。まったく身動きがとれない。そんなわたしを見てキンジョーは涙ぐんでいる。

翌日には病棟を移された。どうやらわたしは頭がおかしいと判断されたらしい。拘束は解かれたが、看護婦が四六時中見張っている。キンジョーの姿はなく、まわりにいる人たちは、うわごとをつぶやいたり、徘徊したり、にやにやと笑っている。じっと一点を凝視して動かない人もいる。

わたしは、縦じまの着物を羽織った姿で、寝台に仰向けになり、テントの張られた天井をひたすら見つめた。そして、キヨさんや仲間の女たちとともにうたった歌を想っていた。


十日後、もう危険な行動はないだろう、やけどの症状も快方に向かっている、と医師から判断されたわたしは、小屋に戻る許可をもらえた。

「傷が完全に乾いたら、包帯もとれる。あと少しだから、ちゃんと治療に通いなさいね」

医者が視線を合わせて念を押すように言ったが、わたしは目をそらしてしまった。

「はい、ちゃんと連れてきます。先生」

診察に立ちあったキンジョーがぺこぺこしている。

病院のテントから出て掘立小屋を目指して歩いていると、死体を運んでいるところに遭遇した。まだ小さな子どもだ。やせ細ってあまりにも痛々しく、目が釘付けになってしまう。戦場で死体には慣れているはずなのに、ここで見るといたたまれない思いを抱く。

「飢えて死んだんだろうね。かわいそうに。せっかく戦場で生き延びたのに、ここで死ぬなんてね」

キンジョーは、はあーっ、と嘆くように息を吐いた。

「収容者は増えるばっかりで、食べていくのが大変だ。それに、あっちにいたときよりも、マラリアも、そりゃあ、もう、増えてね。どんどん死んでいく。ツルコさんもマラリアにかかった。熱が高くてね。いま、病院にいるが、危なそうだね」

わたしは思わず立ち止まった。

ツルコがマラリア？　彼女は死んでしまうのだろうか。

彼女のひとのよさそうな丸顔と大きな瞳が目に浮かぶ。やさしく肩を抱いてくれたときの掌のぬくもりが蘇る。

シズコだと思い込んでいたからとはいえ、ツルコはわたしを大事にしてくれた。親切にしてくれた。

もうこれ以上、わたしから、ささやかな支えを奪わないでほしい。

「さ、暑いから早く行こう」

キンジョーに促され、ふたたび歩き始めるが、一歩一歩が重くてのろくなる。

「実は、話があるんだ」

キンジョーは前を向いていて、わたしの方を見ていない。彼は、言いにくいことを口にするときに、わたしから目をそらす。

「あんたは、そのね。そろそろ、ね。チョーセナーの女たちがいる収容所の方に……」

とうとうこのときがやってきた。わたしは、キンジョーに捨てられるのだ。

やけどが治りそうだからなのか。

それとも、この女は頭がおかしいと、うんざりしてしまったからだろうか。

絶望やら悲しみやら諦めやらが胸にうずまく。自然とうなだれてしまい、歩調がさらに鈍くなる。

「包帯がとれたら、シズコじゃないって、ばれるだろうからね。ツルコさんはたぶん気づいていた。私に、『シズコちゃんはあんなに背が高かったかね』と言ったことがある。小さいころから、シズコを見ていたからね」

わたしは耳を疑った。

信じられない。

ツルコはわたしがシズコでないと知っていながら、あんなに良くしてくれたのか。

なんてあたたかい心の持ち主なのだろうか。ツルコのやさしさに触れられただけでも、いままで生き延びた甲斐があったのかもしれない。

「だけど、みんながツルコさんみたいじゃないからね。チョーセナーだと知れたら、あんたが、辛い思いをするんじゃないかって思ってね。だから、ここにいるよりは、チョーセナーの仲間がいるところに行ったほうがいいんじゃないか」

兵隊にガマを出て行くように命じられた島のひとびとが、奥に入ろうとするわたしたちを睨んでいたことを思い出した。

島のひとびとは、友軍の兵隊たちにさんざんひどい目にあわされた。だから、自分の意思ではないにしろ、兵隊たちと一緒にいたわたしは、みんなから恨まれ、復讐されても仕方ないのだ。そうでなくても、寺の近くで年端もいかない少年にまで小石をぶつけられたように、男たちにさんざん汚された半島の女は、蔑まれ、疎んじられるに違いない。そしてきっと、このままだと、わたしをかくまったキンジョーにも迷惑をかけてしまうのだろう。

わたしは仲間の女たちがいる収容所に行くべきなのだ。たとえ、どんな境遇が待っていようとも。

歩みを完全に止めると、キンジョーも立ち止まって、こちらを見つめてきた。わたしはその視線を受け、小さくうなずく。

つかのまの沈黙が流れる。真夏の太陽が容赦なく照り付け、ふたりの影を濃く映し出していた。

「だけどね」

キンジョーが口を開いた。

「もし、もし、ね」

そこで言葉を区切り、ひとつ咳払いをする。

「あんたがね、もし、私を嫌いじゃないなら……このまま一緒にいよう」

一緒にいようって、どういう意味だろう。仲間の女たちがいる収容所に行くように勧めたのに、矛盾しているではないか。

わたしは首を大きく傾げた。そのため、やけどの部分がひきつれて痛い。

「私はね。収容所を出られた後は、知り合いのいないところに行くつもりさ。家族が死んでしまったっていうのに、集落に残ったって、かえって寂しいからね」

そこで、わたしの肩にそっと手を置く。

「あんたを実の娘みたいに思っている。死んだシズコの分も、あんたを大事にしたいのさ」

浅黒い顔で笑うと、皺が深くなる。

「どうだね。ここから出て、私とふたりで生きないかね？　親子として」

とっくに涸れたはずの涙がこみあげてきて、目の前のキンジョーの笑顔が滲んで見える。わたしは、キンジョーの手に自分の手を重ね、首が痛むのも構わず深くうなずいた。


わたしが薄い布団をかけなおすと、キンジョーは、世話をかけてすまないね、と張りのない声で言った。頬がこけ、土色の顔は、瞳だけがぎらぎらとしている。

「私はもうだめだね」

わたしは首を横に強く振り、布団の中のキンジョーの掌を握った。骨ばって冷たいその手触りに、胸がかきむしられるかのようだ。せめて励ましの言葉をかけたいのに、口がきけないことが恨めしい。

「私がいなくなったら、シズコは、ひとりでどうやって生きていくのだろうね。心配さ」

キンジョーがわずかながら掌に力を込め、握り返してきたのが伝わってくる。

「あんたに、謝ることがあるんだ」

そう言うと、わたしから視線を外した。

シズコではなく、あんた、と呼ばれたことが気になる。収容所以来、ずっとシズコだったのに。よほど深刻なことなのだろうか。いったい何を謝られるのだろうか。思い当たることはまったくない。

この五年間、わたしは、キンジョーに養ってもらい、そばにいて話しかけてもらい、大切にしてもらった。むしろ感謝することばかりだ。この恩を返さなければと思っている。

「あのとき、収容所からあんたを連れて逃げてしまったが、あれは、私が間違っていた……」

苦しそうに息を継いでいるのを見て、話さなくていい、と伝えたかった。わたしは、キンジョーと暮らしてきてよかったと思っているのだから、この先は聞かなくてもいい。

「チョーセナーの女たちを見たって男と、道路工事の仕事で一緒だったことがあってね。その男から……収容所にいたチョーセナーは……女も男も、アメリカーが秋ごろには朝鮮に帰した、って聞いたのさ」

わたしは、キンジョーの言っていることが理解できず、首を傾げた。キンジョーは、すうっと息を吸って、つまり、と続ける。

「あんたは……私のせいで……国に帰れなかったのさ」

わたしは、キンジョーと繋いでいた手を、すっと引っ込めた。

なんということだ。

「申し訳ない……ほんとうに申し訳ない。あのときは、チョーセナーの女たちがいる収容所に送ったら、あんたがまたひどい仕打ちを受けるんじゃないかって思ったのさ」

キンジョーの眼のふちが赤くなっていて、そこから涙がこぼれ落ちている。

「あんたに言ってなかったが、いま、朝鮮は南北に分かれてチョーセナー同士が戦っている。そこにアメリカーも加わっていて、ここの基地から兵士が行く。……戦争だよ……だから……いま戻ろうったって、無理……なのさ」

せっかく解放されたはずなのに、わたしの故郷は、なぜ戦場になってしまったのだろうか。しかも、朝鮮人同士が戦っているという。どうしてだろう。さらにはアメリカーまでもが。彼らはなんのために、戦うのか。わたしの国を壊さないでほしい。この島が焼き尽くされたさまが想い浮かび、そこに母や弟が逃げ回る姿が重なる。泣きながら、すまない、すまない、と繰り返し謝るキンジョーに対して、怒りの感情は微塵(みじん)もなかった。わたしは、ただひたすら虚(むな)しかった。果てしなく悲しかった。とん、とん、とん、とん、と布団の上からキンジョーの肩をなだめるように叩く。

「許してくれるのかね？」

わたしは、キンジョーと目を合わせ、ゆっくりとうなずいた。

キンジョーには、なにも非はない。良かれと思ってしてくれただけだ。

「ありがとう、シズコ……いや、シズコじゃないね。あんたには、ちゃんとチョーセナーの名前があるのに。勝手に娘のシズコにしてしまって、悪かったね。朝鮮には本物の家族だっているだろうに……まったく、私は自分勝手な人間さ。あんたがいてくれたおかげで生きてこられた……。私の方があんたを必要としていたんだ。……あんたを……失いたくなかった。すまないね……」

息も絶え絶えにそう言うと、最後に小さくため息を吐き、目を閉じた。わたしは、キンジョーの傍らでしばらく布団を一定の調子で静かに叩いていた。

　寝息をたてるキンジョーを見ていると、ずいぶん老けこみ、はかなくなったと、あらためて思う。わたしは、その浅黒い顔を眺めながら、収容所を抜け出てからの、キンジョーとの日々を振り返る。

ふたりで森の中をさまよった。まだあどけない顔の少年兵に遭遇して逃げたり、遠くで銃声を聞いたりしたが、戦況はまったく知る由もなく、わたしたちは、米軍と日本兵、双方に見つからないように隠れ続けた。同じように森に潜む民間人も見かけたが、互いに干渉しなかった。

食べるのに苦労し、草花のみならず、カエルにかたつむり、ときには虫までも、なんでも口に入れた。キンジョーもわたしも、たびたび腹を壊し、やせ細っていった。そのうちキンジョーが熱を出してふらふらになり、とうとう歩けなくなってしまった。マラリアにかかったようだった。しかし、どうしようもなく、木の根元に寝かせ、水を与えてやり過ごすしかなかった。下がったかと思うとまた高熱がぶりかえし、意識がはっきりしなくなるほど悪くなったが、キンジョーはなんとか持ちこたえて回復した。すると、すこしして、今度はわたしが高熱に見舞われたが、幸いに、わたしはそれほど重くならなかった。

森から出て、洞窟（どうくつ）や空き家などを転々としていたが、海岸で米兵に見つかった。そのとき暦はすでに十月で、日本が戦争に負け、アメリカ世（ゆー）になったと知った。わたしたちは帰村するように命じられ、収容されることなくすぐに放免された。

キンジョーは海の近くの丘の中腹に、バラックの家を建て、わたしと生活を始めた。彼は米軍の仕事を得て、飛行場を整備したり、道路工事をしたりといった肉体労働で日銭をかせいだ。

やけどの痕（あと）が頭、顔、首、とケロイド状に残ったわたしは、醜い見た目と色白の肌を気にして人目を避け、家からほとんど出なかったが、ときどきそばにある峠まで行き、海を眺めた。そこから見える景色は、偶然にも、小さな島の峠から見た景色とよく似ていた。そして故郷の海の眺望とも近かった。どちらもありふれた景色なのかもしれない。

わたしは家事を担った。白米に和え物、それに焼いたり煮たりした豚肉や魚、といった程度のわたしの料理を、キンジョーは文句ひとつ言わず食べてくれた。買い物は彼の役目で、市場でトウガラシを見つけると気を利かせて買ってきたが、キンジョー自身は辛い味付けは苦手のようで、無理して食べているように見えた。また、米軍から流れたレーションという携帯糧食を手に入れてくることもあった。ロウ引きされた箱の中には、肉、ビスケットの缶詰、チーズ、ジャム、チョコレートバー、粉末ジュースなどが入っていた。これら未知の食べ物は、最初こそ戸惑ったものの、すぐに気に入り、好物となった。そしてよくコーラを買って帰ってきた。わたしもキンジョーも、コーラが大好きだった。

また、キンジョーは「この柄の着物が好きなんじゃないかと思って」と、紺地に白の絣柄の着物を手に入れてきてくれた。わたしはそれを毎日のように身に着けた。

朝起きると、キンジョーが息をしていなかった。体調を崩して寝込んでからひと月も経っていなかった。

穏やかな顔は、眠っているようにしか見えず、死んだという実感がどうしても持てない。

もしかして深く眠りすぎて、息をするのを忘れているだけなのではないか。

わたしは思い立ち、栓を開けたコーラの瓶を持ってきて枕元に置き、キンジョーのからだを揺さぶった。

しかし、キンジョーは目覚めない。もう一度、今度はもっと強く揺すってみるが、目を閉じたままだ。じっとその顔を見つめていると、ふたりでコーラを飲んではげっぷを披露しあい、キンジョーが笑い声をあげていた光景が思い出された。

強いかなしみが、突如せりあがってくる。

わたしの存在を知っている人は、もうこの島にはいない。

キンジョーが横たわっている布団に入り、添い寝をする。そのまま瞳を閉じ、キンジョーのからだに残るぬくもりが消えぬように、彼の胸を、肩を、腕を、必死にさすったのだった。

二日、三日、一週間と過ぎて行く。布団の中のキンジョーは硬直していき、蛆がわき、戦場で覚えのある死臭が漂うようになった。

さすがにキンジョーの死を受け入れざるを得なかった。崩れかけている死体に別れを告げ、スコップグェーで家の外に穴を掘り、地中深く、キンジョーを埋葬した。

すると今度は、この先どうやって生きて行ったらいいのか、途方にくれてしまった。

わたしには、キンジョー以外に見知った人間はおらず、付き合いもなかった。わたしにとってキンジョーだけが、外の世界とつながる糸口だった。そもそもこの家も、人目につかないようにと、民家のない丘の中腹に建てたのだった。

　食べ物も底をつき、このままでは、遅かれ早かれ、わたしも餓死するのは間違いなかった。

　どうせ死ぬなら、最後に海をすぐそばで見てからにしよう。

　いっそのこと、海に入って命を絶ってもいい。

　わたしは、身ひとつで、バラックの家を出た。

　丘をくだり、しばらく行くと、砂浜が見え、薄青い海が見えてきた。さらに近づくと、子どもがふたり、砂浜で遊んでいた。七、八歳ぐらいの男の子と、五、六歳程度の女の子だ。きょうだいだろうか、はしゃいで楽しそうだ。低くなった夕陽が子どもたちの影を長くかたちづくっている。幼いころに父と故郷の海で遊んだことを思い出し、強い郷愁にかられる。

　やけどで顔は醜くなり、からだは汚され、口もきけない。故郷に帰ったらきっと気味悪がられるだろう。

　それでも、父と遊んだ海をもう一度だけこの目で見てから死にたい。

　だから、いまは、生き延びるのだ。朝鮮の戦争が終わるまで、死んではいけない。

　そう誓って、踵を返すと、視線の先に、米兵が三人で歩いているのが見えた。半裸で肌をあらわにし、にやついている。五年ぶりに見た米兵の姿は、いまだ変わらずわたしに一瞬にして恐れを抱かせる。

慌てて砂浜から離れ、丘のふもとに戻った。彼らはわたしには気づいていないようでほっとする。

絶叫と泣き声が聞こえて振り向くと、米兵たちが、ふたりの子どもを連れ去って行くところだった。

あの子たちはどうなるのだろうと気になって仕方なかったが、わたしにはなすすべがなく、とにかくいったん家に帰った。けれども、やはり居ても立ってもいられなくなり、海岸にまた下りて行った。薄暗くなった砂浜にはまったく人の気配がない。米兵たちの足取りを思い出し、あたりを捜し回った。しばらくすると、林の中に、ふたつの小さな裸体が見えた。傍らには脱がされた服が散っている。近づくと、海岸で見た子どもたちだった。

横向きで倒れている男の子の顔は、殴られたのか腫(は)れあがっており、尻が鮮血で真っ赤になっている。女の子は仰向けで、股から腿(もも)にかけて血にまみれ、地面まで赤黒く染まっている。ふたりは、目を見開いたまま、こと切れていた。

あまりの惨状に吐き気を催し、その場でえずいた。だが、胃液しか出てこなかった。

憤りで震えが起き、わたしは勢いのまま家に駆けていき、バケツとふきん、キンジョーを埋めたスコップグェーを持って、林にふたたび下りた。

こんなことがあってはならない。この子たちを人目にさらしてはならない。

ふたりの目を閉じさせる。そしてバケツに海水を汲み、男の子と女の子の血を、濡らしたふきんで拭き取る。胸が張り裂けそうで、しばし手が止まる。

それでもどうにか、ふたりのからだを綺麗にし、スコップグェーを手にした。

おぞましいことは、なかったことにしなければ。わたしと同じように、子どもたちはいなかったことにするしかない。

ふたりを埋めるための穴を掘り始めたが、涙があふれ出て止まらず、力が入らない。

幼い子どもまでを、慰みものにするなんて。

ひどすぎる。ぜったいに許せない。

だめだ。こんなことは、理不尽すぎる。

この子たちをいなかったことにしてはいけない。誰かに見つけてもらわなければ。

わたしは穴を埋め直し、彼らの着ていた服を拾うと、ふたりにふたたび着せた。破れているところもあって、どんなにか恐ろしかっただろうと想い、いたたまれない。

それからふたりを残し、家に戻った。

埋葬したばかりのキンジョーが眠る土の前で跪く。

キンジョーがわたしを守ってくれたように、わたしもせめて子どもたちを守れないだろうか。なにかできることはないのか。

キンジョーに、自分に、問い続けたのだった。

九

「乾杯しましょうか」

比嘉さんの掛け声で、グラスを合わせた。かちん、と気持ちのいい音が食堂に響く。グラスは、沖縄の海のように、青と緑のあわいの色が溶け込んだ琉球ガラスでできていた。比嘉さんは泡盛の水割り、私はオリオンビールと、グラスの中には異なる飲みものが入っている。

最初の一杯を飲み干して、テーブルをはさんで微笑みあう。

「河合さん、泡盛も飲みませんか?」

「ありがとうございます。でも、遠慮しておきます」

「試しに一口だけでもどうです? これ、美味しいですよ。泡盛は嫌いですか?」

「いえ、そういうわけではないんです。あの、私、それほど強くないから、缶ビール二本ぐらいがちょうどいいんです。泡盛を飲んだら、すぐに眠くなっちゃいそうですし」

　寝る前に、今日書店で買った書籍に目を通したり、取材のまとめをしたりしようと思っていた。

「明日は何時の飛行機ですか？」

「えっと、夕方の六時ごろだったと思います」

「それまで、どこかに行かれるんですか？」

「早く起きて、読谷まで行ってみようかと思っています。戦跡が多く残っているみたいなので」

「早起きですか。それじゃあ、飲まない方がいいですね」

「はい、また寝坊しないように」

　くすっと笑ったその瞬間、食卓の上のスマートフォンにメールが着信した。視線を走らせ画面を見る。深瀬さんからだ。

　こんなに早く返信をくれるなんて。どんな内容なのか、一刻も早く読みたい。

「すみません。ちょっと失礼します。急ぎのメールが来たので」

　そう言ってスマートフォンを手にし、画面をタッチする。

「どうぞどうぞ。じゃあ、私は、ちょっとしたつまみでも探してきます。やっぱり、ないと寂しいですからね」

比嘉さんが席を立った。

私は、すう、はあ、と息を整えて、メールを開く。

河合葉奈様

お世話になっております。お返事を頂きましてありがとうございます。

応募原稿にむけて、取材をすすめていらっしゃるとのこと、今回の作品にかける河合さんの強い思いを感じ、大変感激いたしました。

ただ、一点だけ編集者としてお伝えさせていただきたいことがございます。


前回のメールにも書かせていただいた通り、私は河合さんの才能を信じていますし、弊社で是非デビューをしていただきたいと、強く強く感じております。

そして自費で沖縄まで取材に向かわれるなど、河合さんの本作にかける熱量が並々ならぬ思いであることも理解しているつもりです。

けれども、正直な印象を申し上げますと、河合さんが取り組もうとされているテーマは、新人賞の応募作として描くにはかなりの覚悟が必要なものです。取材はもちろん、資料の読み込みが十分に行われていなければいけませんし、テーマが大変センシティブであるからこそ、一文一文に高い精度が求められます。

たいへん失礼なことをお伝えする形にはなってしまいますが、このテーマは今の河合さんに本当に描き切ることができるものなのでしょうか。

熱心に取材をされ、きちんとした物語を描きたいと思っていらっしゃるのであれば、綿密な取材を重ね、企画を温めて取り組むべきものだと私は感じております。

河合さんの思いに水を差すようなメールとなり、恐縮です。ただ、それくらい重厚な問題に挑もうとされていることを、改めてご認識いただけたらと思っております。

まだ取材は続いていらっしゃると思いますので、東京にお戻りになられたら一度お電話などでお話しできましたら幸いです。

ひきつづき何卒（なにとぞ）よろしくお願いいたします。

深瀬真紀拝

力がしゅるしゅると抜けていく。

深瀬さんは応援してくれると思っていた。

薫や平良さんだけでなく、深瀬さんも、このテーマに否定的だということは、ちょっと立ち止まってみた方がいいということなのだろうか。

やはり、慰安婦を小説に書くということは、私が考えていた以上に重いことなのだ。ハードルの高いことなのだ。

チャンソクのインスタグラムの投稿に、冷たく突き放したり、がっかりしたようなコメントがあったりしたことを思い出す。「慰安婦」ということに触れただけで騒ぎになり、議論になってしまうくらい、これは繊細なテーマであるという認識が足りなかった。のちに「慰安婦」と検索してみたときに目にした数々の書き込みも思い出される。ネットで流れていた罵倒(ばとう)の言葉や強い批判が自分に向けられるという可能性はじゅうぶんにありうる。あのときは気持ちが盛り上がっていたので、それはかえって引力のあるテーマだからよい、正直言って話題になるのでは、とすら、軽くとらえていた。

冷静になって考えたら、あまりにも安易だった。薫の言葉も納得がいく。

もちろん、取材を通じて、沖縄戦やそこにいた女性たちのことを知るにつけ、これは書かなければ、伝えたい、という思いがますます強くなったのは確かだ。しかし、「慰安婦」については、私が「応募」のために書いていいものではないのかもしれない。プロになる手段として、手を伸ばしてよい題材ではないのかもしれない。

これまで勢いと情熱で突っ走ってきたが、深瀬さんの言うように、この難しいテーマを私がいまの段階で描き切れるかと考えたら、自信がなくなってくる。

万が一作品が完成し、なんらかの形で世に出たとしても、未熟なものであったとしたら、真摯に取材に応じてくれたひとびとの思いを、沖縄のひとびとの心を、慰安婦の女性たちの尊厳を、踏みにじってしまうことになるのかもしれない。

この題材で新人賞を突破するのは、難しい。それでも執筆をする覚悟はありますか。

深瀬さんは遠回しにそう私に問うているのだ。

私は、目の前のグラスに缶ビールの残りを注いだ。

ごくん、ごくん。ごくん、ごくん。ビールを喉に流し込み、杯を空ける。

「大丈夫ですか、そんなに一気に飲んで」

比嘉さんがチーズの載った皿を持って、目を丸くしている。

「やっぱり、私、泡盛をいただきたいです」

「あら、大丈夫ですか？」

「はい、なんだか飲みたい気分になってきました」

「では、ゆすいできますから、それを」

私が空のグラスを差し出すと、比嘉さんはそれを持ってキッチンに行き、すぐに戻った。そしてテーブルに着くと、グラスに泡盛の水割りを作ってくれた。

「薄めにしましたよ」

ありがとうございます、と受け取り、口を付ける。舌に広がるまろやかな甘みが思いのほかさわやかで、立て続けにもう一口飲んだ。

「なにかあったんですか？」

比嘉さんが、こちらを見つめてくる。

「なんでもないです。それより、比嘉さんのお話を聞かせてください。どうしてシェルターを始めようと思ったんですか？」

私は、自分の小説のことをつかの間忘れたかった。

「そうでしたね。そのお話をするんでしたね。えっと、どこから話しましょうかね」

比嘉さんは、泡盛を口に運び、記憶をたぐり寄せるように、宙を仰いだ。

「私がシェルターを始めたのは、母の遺志なんです」

比嘉さんの母親は戦争孤児だったそうだ。嘉手納(かでな)基地周辺をうろうろし、米兵に食べ物をたかっていたところ、危うく手籠(てご)めにされそうになった。そのとき、助けてくれた女性がいたという。

「その人は、いつも同じ着物で、かつらをかぶっていて、喋(しゃべ)れない人だったらしいです。名前はわからなくて、顔に傷痕(あと)があったから、お化け、って呼ばれてたみたい。母も、最初は怖かったって言っていました。だけど、そのおばさんが鍋(なべ)をがんがん叩(たた)

いて、襲おうとした米兵を追っ払ってくれたんだって。それから、家に住まわせてくれた。そこには同じような境遇の子がすでに二人も暮らしていたみたいです。掘立小屋みたいな粗末なところだったけれど、おばさんが優しくしてくれて、本当に助かったし、嬉（うれ）しかったって」

「そのおばさんは、何をしている人だったんですか？」

「Ａサインでコーラの瓶を換金したり、ベーコン、つまり豚の油を集めたりしてたらしいですよ。特飲街で働く女性の子どもを預かったりもしていた、って言ってたかな」

「Ａサインってなんですか？」

「かつて、ＧＨＱ、というか、米軍公認で商売をしていたお店のことです。売春だったり、飲食店だったり」

「あのう。特飲街っていうのも聞いたことがなくて」

「ああ、ごめんなさい。聞きなれない言葉ですよね。特飲街は、赤線、って言ったらわかりますか？」

「すみません。赤線も知らなくて。検索します」

　スマートフォンに手を触れようとすると、比嘉さんが、いいですよ調べなくて、と言った。

「赤線は、ずばり言うと、売春街ってことですね」

「ほんと無知でごめんなさい」

「そんな、また。謝らないでください。知らないの、普通だと思いますよ」

比嘉さんが朗らかに微笑む。私は、それで、と続けた。

「話を戻しますが、比嘉さんのお母さまは、そのおばさんとずっと一緒に住んでいたんですか？」

「中学を出て働くまでですね。ほかの子は、早々にいなくなってしまったって。やっぱり手っ取り早くお金になるから、体を売ってしまう子が多かったんですね。だけど、母は、おばさんのおかげでなんとかその道をまぬがれた、って言ってました。おばさんのことはアンマーって呼んで慕っていたそうです。アンマーは、沖縄の言葉でお母さん、という意味です」

比嘉さんは、爪楊枝でチーズを一片刺し、口に入れた。そして、泡盛を飲む。私もグラスを口に寄せ、泡盛をすする。

「母は、そのおばさんにずっと感謝していたし、慕っていて、離れてからもよく訪ねて行ったそうです。おばさんは読み書きができなくて、新聞も読めないので、母は初任給で、ラジオを買ってあげたんです。そうしたら、おばさん、すごく喜んだんですって。だから次はいつかテレビを買ってあげようと思っていたら、いつの間にかいなくなってしまったらしくて。そのころ、おばさんは体調を崩しがちだったので、心配でたまらなかったそうです。名前も最後までわからなかったから、いろいろ手を尽くして捜しても、見つからなくて、母は、すごく落ち込んだみたいです。それで、そのおばさんの恩に報いるかわりに、自分も女の子たちの力になりたい、いまでいうシェルターのようなものをいつかやりたいって思うようになったんです。沖縄には辛い思いをしている女の子たちがたくさんいるから助けたいって。身を売らなくてもいいようにって」

「そうだったんですね。そのおばさんへの思いから……」

身を売る、というのは、よほどのことだ。戦後の沖縄の女性たち、子どもたちの窮状は極まっていたに違いない。

同様に、戦後も慰安婦の女性たちは、どれだけ辛い思いをしたことだろう。彼女たちには、比嘉さんの母親を助けた、お化けと言われた女性のような存在はいなかったのだろうか。誰も守ってくれなかったのだろうか。

「だけど、念願をかなえる前に、母は乳癌がもとで死んじゃったんです。発見が遅くて。転移して。それで、私が代わりに」

「お母さま、無念でしたね」

「あそこに写真があるでしょう？」

比嘉さんが、私の背後を指さした。目を向けると、遠景の海の写真が額縁に入って、壁に飾られていた。

「あれ、おばさんが気に入っていた峠。おばさんはよく足を運んで、長い間海を眺めていたみたい。母はあそこに私を連れて行っては、おばさんとの思い出を語っていました。あの写真は、母が亡くなる前、最後に一緒に峠に行ったときに撮りました」

「そばで見たいです」

私は立ち上がって、写真に近づいた。特徴があるわけではない、高いところから海が望める、平凡な風景だった。

「おばさんは、海を見ているとき、体が揺れていて、リズムをとっているように見えたそうです。まるで歌でもうたっているみたいに」

「なんの歌をうたっていたんでしょうね」

「わかりませんけど」

比嘉さんも写真の前に来た。

「故郷の歌かもしれないですね。おばさんは、沖縄の人じゃなかったみたいです。とても色が白かったそうですし。あと……そう、母によると、唐辛子で辛く味付けた料理が好きだったみたいです。だから、もしかしたら朝鮮半島の出身だったのかもしれない、って」

「え」

　私は、比嘉さんの顔をまじまじと見つめてしまった。

「朝鮮半島？」

「戦時中、沖縄に連れてこられたんじゃないかって。帰れなくて残ったのかもしれないって」

　私は、頭の中でパズルのピースがはまったような感覚になった。

「あの、ここの場所教えてください。明日、行ってみます」

「河合さん、明日は読谷に行くんじゃ？」

「いえ、ここに行ってみたいです」

「それなら、私が連れていきましょうか。明日は時間がありますし」

「ぜひお願いします」

　私は、消えかけた創作への情熱が、ふたたび燃えあがるのをまざまざと感じていた。


　翌日、早朝にベッドから出て、シャワーを浴びた。そして、テーブルは別だったが、シェルターの女の子たちとともにトーストと卵程度の軽い朝食をとる。比嘉さんは、洗濯物を干しに、ベランダに行っていた。

　昨晩比嘉さんから聞いたところによると、彼女たちはまだ中学生だった。

「彼女たちくらいの年齢で売春に手を染めてしまう子は多いんです。SNSもあって手軽ですしね。家族の暴力から逃げるためだったり、恋人から強制される子なんかもいます」

「そんな事情が……」

するとと比嘉さんは、沖縄は、貧困が深刻なこと、若年出産やシングルマザーの多いこと、ドメスティックバイオレンスが頻繁にあること、少年や若者が仲間のしがらみに縛られ暴力から抜けられない現実、少女が性産業へのアクセスが容易なことなどを、語ってくれた。

「そういうことって、観光に来るだけじゃわからないですね。なんというか、私……なんにも見えてないというか……」

「そりゃあ、きっかけがないと知ることはないですよね。もともとそういう問題に関心があるのでない限り。沖縄はいろいろなことを抱えています。あの子たちは、そのほんの一例です。もちろん、沖縄だけのことではないかもしれませんが」

昨晩の会話と、平良さんに聞いた宮古島の話を反芻しながら、ふたりをついじっと見つめていたら、髪の長いひとりと目が合った。

「その目つき、なんか嫌なんだけど」

睨むように見返される。

「だからよ。なんか、さっきから、かわいそうに、っていう感じで見てる」

もうひとりの瞳が大きい女の子も同調する。

「そんなつもりは」

「あたしたち、ぜんぜん、かわいそうじゃないから」

ぴしゃりと言われて黙って俯いた。私は、やはり、心構えが甘いのだろう。ふたりを傷つけてしまったのかもしれない。しかし、ごめんね、というのも違うような気がして、言葉を探すが、なかなか出てこない。

長髪の子から、ねえ、と話しかけられる。

「でも、まあいないことにされるよりはマシかな」

「え？」

「あたしたちみたいな子、ここにはたくさんいるんだよ。でも誰からも気にされない。かわいそうって目で見たら手をさし出さなきゃいけなくなる。だからいないことにされる」

「いないこと……」

「比嘉さんだけだったよ。私たちのことみとめてくれたの。哀れまれるより、何もなかったことにされる方がつらい」

ふたりがまっすぐなまなざしで見つめてくる。私は、うん、と深くうなずいた。

そのとき、比嘉さんが食堂に入ってきた。

「なに話していたの？」

「なんでもない。このジャム美味しいねって言ってた」

「うん、そうそう」

ふたりは、笑顔だ。私は、作り笑いを浮かべて、そうなんです、と比嘉さんに答えた。

女の子たちに元気よく、バイバーイと手を振って見送られながら、比嘉さんの車で本島中部へ向かう。女の子の「何もなかったことにされる方がつらい」という言葉が頭から離れない。

「昨晩はよく寝られましたか」

運転しながら、比嘉さんが訊いてくる。

「はい、まあまあです」

実は、興奮して眠れなかった。取材したものを整理して、資料を読んでいたら、外が明るくなっていたが、寝不足にもかかわらず、目は冴え、頭はすっきりとしている。

「おばさんの家は、峠のすぐ近くだったんです。壊されて、もうないんですけどね」

「お母さま、そんな所に家があったんじゃ、不便だったんじゃないですか。通学とか」

「そうだったみたいですね。蚊によくさされたって。そうするとおばさんがひまし油をぬってくれたそうです。おばさんは植え込みにトウゴマを育てて、自分でひまし油を作っていたって……。おばさんはそれを毎日傷痕にすりこんでいたらしいです」

車中では、おばさんや比嘉さんの母親、基地近くの特飲街やAサインのことについていろいろ訊いた。米軍基地のある沖縄に暮らすひとびとの生きづらさの断片を垣間見て、私は、自分には知らないことがあまたあると痛感した。圧倒的な力のもとで、忍耐を強いられ、理不尽を押し付けられている存在について、あまりにも知識がなかった。

「私、沖縄のこと、表面的にしか知らなかったです。本当に」

「そうやって、気づいてくれるヤマトンチュが増えてくれたらと、思います」

「ヤマトンチュ……」

「あっ、えっと、ヤマトンチュは、御存じかもしれませんが本土の人のことです。ヤマトとも言いますね。沖縄人のことは、ウチナーンチュと言います」

「ヤマトンチュとウチナーンチュ」

私は小声でつぶやいて、窓の外を見た。青緑色の美しい海が道沿いに続いている。

「今日も良く晴れて、ビーチに行くには最高の天気ですね」

比嘉さんはまぶしそうに目を細めると、シフトレバーのそばに置いてあるサングラスをかけた。私もバッグからサングラスを取り出してかける。

「そうですね、ほんとうにきれいな海」

だが、私はもはや、海水浴をしたいという思いは微塵も持ち合わせていなかったし、陽光にきらめく海を見ても心が弾むことはなかった。

峠に着いて車を降りてみると、そこはなんとなく、仲村さんに連れて行ってもらった、阿嘉島の峠に似ていた。木が茂り、道には雑草が生え、気持ちいい風が通り抜ける。私はサングラスを外す。視界が開け、濃い碧い海が見下ろせる。既視感があるのは、どこにでもあるような峠だからだろうか。

米軍の飛行機の爆音がかなり近くに聞こえる。私は耳の穴に指を入れた。阿嘉島の慰安婦たちは、峠でアリランの歌を口ずさんでいた。私もここで、心の中でうたってみようか。

アリラン　アリラン　アラリヨ
アリラン……

キヨさんがうたってくれたけれど、ほとんどメロディしか覚えていなかった。日本語のアリランの歌詞もわからない。彼女たちは、たしか演芸会でうたったはずだ。そのときの歌はたくさんの人の心に残っているだろう。そういえば、キヨさんが、演芸会のために着物を貸したが戻って来なかったと言っていた。

あ、とひらめいた。私は、キヨさんが貸した着物に似た柄の写真を撮ったのだった。

私は指を外し、比嘉さんに大声で話しかけた。

「あの、そのおばさんですが……いつも同じ着物だったってことですが、どんな着物だったんでしょうか」

「さあ、そこまでは、母に聞かなかったので」比嘉さんも叫ぶように答える。

私は、紺碧の海を見下ろして思う。

「そう……ですか」

この島にたしかに生き、暮らしていた、ひとりの女性の物語を書きたい。朝鮮半島から連れてこられ、沖縄の美しい海の傍らで奪われ続け、戦禍に巻き込まれ、ここで、もしかしたら女の子たちを救っていたかもしれないその生きざまを。

私が決めつけていたような像ではなく、見えない存在となってしまった、声の届かなかった彼女を、物語のなかで生き返らせたい。喜びも悲しみも、辛いことも楽しいこともあったであろう人生をなぞりたい。特殊な存在ではなく、私と変わらぬ、ひとりの女性を書きたい。奪われることばかりでなく、だれかに与えられ、与えることもあった人生であってほしいと願いを込めて。

けれども、その物語を描くのは、いま、ではない。私は、結局、知らない、わからない、ということをたしかめただけで、なにひとつ理解できていないのだ。そもそも、慰安婦のことも、沖縄戦のことも、とても複雑で繊細で難しいことなのだ。そんなに簡単にわかることではないのだ。

それなのにわたしは、軽薄で傲慢にも、ひとびとに教えようとか、伝えようと思っていた。だから、深瀬さんにも、メールで難色を示されたのだ。平良さんに、警戒されたのだ。

慰安婦についても、沖縄戦についても、時間をかけて調べ、構想をあたため、じっくりと描いていく。薫にやめた方がいいと言われたのだ。ひょっとしたら、いくら詳しく知ったところで、わからないことが増えるばかりで、完全に理解することはできないというおそれもある。それでもこのテーマにいつか取り組みたい。

今回応募する原稿は、テーマを変えて臨もう。深瀬さんにも相談して、自分がいま書きうる題材を探るのだ。プロになるために「慰安婦」を描くのではなく、「かけがえのない彼女」を近い将来、きちんと描くために、小説家になりたい。知らないという事実を認め、そこからさらに一歩を踏み出すために、私は物語を書きたい。

いつか社会にはじかれてしまった女の子たちの小説を書きたいとも思う。遠く戦中戦後に沖縄に生きた女性たちともつながっているのではないだろうか。いや、それだけではない。女性であることで、尊厳を奪われたり、搾取されたり、欲望の対象としてモノ扱いされるのは、過去から現在、どの時代でも、どこでも続いている。だから、そういった女の子たちを、かわいそう、というまなざしで見るのではなく、自分と変わらない存在として描きたい。

考えてみたら、私だって、元恋人から、モノ扱いされていたような気がする。珍しく向こうから連絡があると、部屋に呼ばれて、おざなりに体を求められる場面が多々あった。それを拒んだら、彼が不機嫌になったことがよくあった。友人の薫だって、合コンで酒をたくさん飲まされて、あやうくひどい目に遭うところだったと言っていた。また、阿嘉島で会った男たちも、女性である私を自分たちが楽しむための道具ぐらいにしか考えていなかった。こういうことは、いたるところでしょっちゅう見られるはずだ。

書く題材は、身近にもたくさんあるではないか。非正規雇用で働く人についてだって、自分に照らし合わせて書ける。

取り上げた題材を深く極めて、小説を書くことで、私自身が「知らない」ことを少しでも減らしたい。

私はきっと、書いていい。誰に何を言われようと、自分で決めることだ。

書くことは自由なのだ。だけど、自由には、ちゃんとした覚悟や責任がともなう。それは、どういうことなのか、私はもっともっと考えたい。

私が小説を書きたい、プロになりたいのは、きっと自分が取るに足らない存在ではないとわかってほしいからだ。「私はここにいる」と叫びたいからだ。だからこそ、いなかったことにされてしまう慰安婦の女性たち、存在を知ってほしい沖縄の女の子たち、使い捨てられ軽んじられる非正規雇用の人たちを、描いてみたいのだ。

あらためて、海を眺める。峠を吹き抜ける風が心地いい。目を閉じて息を深く吸うと、潮の香りがかすかに感じられ、私の心を撫でてくれた。

十

わたしのからだは、もう限界にきている。

だから、ここに別れを告げ、終の地を探しに行く。

わたしがこの地にたしかに生きていたことは、誰かの記憶のなかに残るだろうか。

故郷は、わたしのことを忘れ去ってしまっただろうか。

両手で耳を塞ぐと、飛行機の音は聞こえなくなった。

峠から見える海は鮮やかな群青色で、風を声とし、語り掛けてくる。

「お前は誰だ」

まぶたを閉じ、胸のうちで叫ぶ。

「わたしは、チョン・ミョンソ」

すると風は問い続けてくる。

「チョン・ミョンソ、お前はどこにいる」

答える代わりに瞳(ひとみ)を開き、海に向かって歌をうたう。

아리랑 아리랑 아라리요
아리랑 고개로 넘어간다
나를 버리고 가시는 님은
십리도 못 가서 발병난다

아리랑 아리랑 아라리요
아리랑 고개로 넘어간다
청천하늘엔 별도 많고
우리네 가슴엔 꿈도 많다

아리랑 아리랑 아라리요
아리랑 고개로 넘어간다
저기 저 산이 백두산이라지
동지 섣달에도 꽃만 핀다

なんども繰り返し、からだじゅうでうたう。
懐かしい、愛しいひとびとを、想いながら。

参考文献

『従軍慰安婦』吉見義明（岩波新書）
『買春する帝国』吉見義明（岩波書店）
『赤瓦の家』川田文子（筑摩書房）
『ハルモニの唄』川田文子（岩波書店）
『草　日本軍「慰安婦」のリビング・ヒストリー』キム・ジェンドリ・グムスク（ころから）
『「慰安婦」物語―写真が語る真実』山谷哲夫（宝島社）
『沖縄のハルモニ』山谷哲夫・編著（晩聲社）
『哀号・朝鮮人の沖縄戦』福地曠昭（月刊沖縄社）
『戦場の宮古島と「慰安所」』日韓共同「日本軍慰安所」宮古島調査団（なんよう文庫）
『沖縄戦場の記憶と「慰安所」』洪玧伸（インパクト出版会）
『性奴隷とは何か　日本軍「慰安婦問題」』ｗｅｂサイト制作委員会・編（御茶の水書房）
『沖縄にみる性暴力と軍事主義』富坂キリスト教センター・編（御茶の水書房）
『日本占領とジェンダー』平井和子（有志舎）
『コレクション　戦争と文学　20　オキナワ　終わらぬ戦争』（集英社）
『ひとり』キム・スム（三一書房）
『戦場の「慰安婦」』西野瑠美子（明石書店）

『従軍慰安婦と十五年戦争』西野瑠美子（明石書店）

『なぜ「従軍慰安婦」を記憶にきざむのか』西野瑠美子（明石書店）

『従軍慰安婦・内鮮結婚』鈴木裕子（未來社）

『「従軍慰安婦」問題と性暴力』鈴木裕子（未來社）

『証言　未来への記憶　アジア「慰安婦」証言集　南・北・在日コリア編』上・下（明石書店）

『従軍慰安婦・慶子　死線をさまよった女の証言』千田夏光（恒友出版）

『沖縄と朝鮮のはざまで』呉世宗（明石書店）

『沖縄からアメリカ　自由を求めて！　画家正子・Ｒ・サマーズの生涯』正子・Ｒ・サマーズ（高文研）

「季刊　戦争責任研究」60号、62号、81号（日本の戦争責任資料センター）

「軍隊は女性を守らない　沖縄の日本軍慰安所と米軍の性暴力」（ｗａｍカタログ）

「日本人「慰安婦」の沈黙　国家に管理された性」（ｗａｍカタログ）

「証言と沈黙　加害に向き合う元兵士たち」（ｗａｍカタログ）

『朝鮮人「従軍慰安婦」とアリランの歌　―沖縄戦・阿嘉島―』長田勇・編

『恨をかかえて　ハラボジの遺言　元朝鮮人軍夫　姜仁昌の証言』ＮＰＯ法人沖縄恨（ハン）之碑の会

『沖縄戦を生きぬいた人びと』吉川麻衣子（創元社）

『沖縄戦　民衆の眼でとらえる「戦争」』大城将保（高文研）

『読谷村の戦跡めぐり　読谷村史　第五巻資料編4　戦時記録　関係資料集第2集』沖縄県読谷村
『三人の元日本兵と沖縄　読谷村史　第五巻資料編4　戦時記録　関係資料集』沖縄県読谷村
『沖縄戦546日を歩く』カベルナリア吉田（彩流社）
『沖縄ジェンダー学　第2巻　法・社会・身体の制度』喜納育江・矢野恵美・編著（大月書店）
『なは・女のあしあと　那覇女性史（戦後編）』那覇市総務部女性室・編（琉球新報社）
『沖縄の戦争遺跡〈記憶〉を未来につなげる』吉浜忍（吉川弘文館）
『沖縄戦を知る事典　非体験世代が語り継ぐ』（吉川弘文館）
『沖縄戦捕虜の証言―針穴から戦場を穿つ―』上・下　保坂廣志（紫峰出版）
『写真記録　沖縄戦』大田昌秀・編著（高文研）
『沖縄戦記　鉄の暴風』沖縄タイムス社・編
『沖縄鉄血勤皇隊』大田昌秀・編著（高文研）
『未来に伝える沖縄戦』①〜⑥　琉球新報社会部・編（琉球新報社）
『沖縄の基地と性暴力』沖縄探見社・編
『復帰前へようこそ　おきなわ懐かし写真館』海野文彦・文（ゆうな社）
『沖縄戦全記録』NHKスペシャル取材班（新日本出版社）
『沖縄の旅・アブチラガマと轟の壕―国内が戦場になったとき』石原昌家（集英社新書）
『今なお、屍とともに生きる』日比野勝廣（夢企画大地）

『ガマ　遺品たちが物語る沖縄戦』豊田正義（講談社）
『沖縄決戦　高級参謀の手記』八原博通（中公文庫）
『証言　沖縄スパイ戦史』三上智恵（集英社新書）
『皇軍兵士の日常生活』一ノ瀬俊也（講談社現代新書）
『日本軍兵士―アジア・太平洋戦争の現実』吉田裕（中公新書）
『もうひとつの占領』茶園敏美（インパクト出版会）
『元米海兵隊員の語る戦争と平和　沖国大ブックレットNo・13』アレン・ネルソン（編集工房東洋企画）
『我が夫の沖縄戦「生」と「死」の闘い』日比野宣子・編著
「沖縄戦新聞」1〜14（琉球新報社）
『沖縄の慟哭　市民の戦時・戦後体験記（全）』那覇市企画部市史編集部
『軍用沖縄本島全図　アメリカ軍製作10万分の1　沖縄学研究資料12』（榕樹書林）
「平和の炎　vol・8　第8回読谷村平和創造展　沖縄戦直前米軍資料全翻訳」（読谷村役場）
『夜を彷徨う　貧困と暴力　沖縄の少年・少女たちのいま』琉球新報取材班（朝日新聞出版）
『沖縄アンダーグラウンド　売春街を生きた者たち』藤井誠二（講談社）
『沖縄と私と娼婦』佐木隆三（ちくま文庫）
『地元を生きる　沖縄的共同性の社会学』岸政彦・打越正行・上原健太郎・上間陽子（ナカニシヤ出版）

参考映像

「沖縄のハルモニ　証言・従軍慰安婦」山谷哲夫監督
「従軍慰安婦」鷹森立一監督
「雪道」イ・ナジョン監督
「激動の昭和史　沖縄決戦」岡本喜八監督
「沖縄スパイ戦史」三上智恵・大矢英代監督
「ひめゆりの塔」今井正監督
「ドキュメンタリー沖縄戦」太田隆文監督
「生きろ　島田叡　戦中最後の沖縄県知事」佐古忠彦監督
「NHK　ドキュメント沖縄戦」
「NHKスペシャル　沖縄　よみがえる戦場」
「NHKスペシャル　沖縄戦　全記録」

本書を執筆するにあたって多くの方に取材・考証のご協力をいただきました。厚くお礼申し上げます。

解説

杉江松恋(すぎえまつこい)

痛い。

しかし、これは忘れてはいけない痛みだ。

深沢潮(ふかざわうしお)『翡翠色の海へうたう』を初めて読んだときにそう感じたことを覚えている。

本作は、第二次世界大戦中、日本で意に反して従軍慰安所で働かされ、国ぐるみの性暴力被害者となった女性たちの物語である。

視点人物は二人いて、現在は〈私〉、戦時中の過去は〈わたし〉が語り手を務める。〈わたし〉が登場するのは第二章からだ。彼女は日本軍が司令部として設けた地下壕(ちかごう)の最深部において、ひたすら兵士たちの性処理をさせられている。現在のパートでは、その部屋には「女性たちの部屋」というそっけない標示がされていることが書かれる。「わたしは、ただただ、穴、に、される」という一文から始まる第二章は衝撃的だ。この小説では「穴」という言葉が複数の意味を背負って頻出する。〈わたし〉が幽閉されている壕は「穴」だし、男たちは彼女を「穴」と見なして性器で穿(うが)つのである。

前の引用で読点によって「穴」の一語が独立しているのは、〈わたし〉が人間性を奪われた存在にされることを強調するためだろう。性暴力の残酷さを際立てるために、深沢は文章から余計な修飾を省き、客観描写に徹している。中でも次の文章が繰り返されるページは圧巻だ。

――消毒する。

――また男が部屋に来る。切符を受け取る。脚を広げる。男はサックをつけて入れる。ことが済んで出ていく。

本書は『カドブンノベル』二〇二〇年一月号、四月号、九月〜十二月号に掲載された後に単行本として刊行された。第一回にはこの第二章までが掲載されているのだが、読んだ人は心臓が潰れるような思いをしたのではないだろうか。延々と続く残酷な性交の後で変化があり、〈わたし〉たちは別の島に移送される。そのときに見るのが題名の元になっている翡翠の色をした海だ。しかし〈わたし〉にとってその美しさは、哀しみの感情を起こさせるものになってしまう。どんなに綺麗な海であっても「わたしは故郷でしたように貝を拾うことも、岸を歩くこともできない」からだ。

〈わたし〉が朝鮮半島の出身であることはここまで明記されていないが、移動のさなかにチマとチョゴリに関する記述が出てくるので、そうだとわかる。一行は新しい居場所の建物にたどり着き、「わたしは、ここでふたたび、穴、に、される」という一文で第二章は終わる。

　慰安所で行われていたことが、健全な性産業というようなものからは程遠く、暴力を行使しての奴隷労働であったことが淡々と綴られていく。国ぐるみの犯罪である。女たちは、仕事内容を知らされずに連れてこられ、帰れない場所で奉仕を強制された。最初に〈わたし〉を犯したのは将校だったという。途中で女たちは次々に死んでいく。自ら命を絶つ者も少なくない。「穴」にされ続けることに耐えられなくなり、人間としての死を選んでしまうのだ。〈わたし〉は生き続ける。

　人間の尊厳を傷つけられてしまった人の心情が平明な文章から滲みだしてくる。美しい海が心を癒してくれるものにならず、哀しみの対象になってしまうというのも痛ましい話だ。効果的に用いられているのが故郷の歌であるアリランを巡るエピソードだ。何もかも奪われた女たちは、祖国の言葉で祖国の歌を口ずさむこと以外に心を慰めるすべがない。しかし男たちの宴席に連れ出され、余興としてアリランを歌うことを命じられてしまう。「ささやかな慰めとなる歌までも、男たちに奪われなければならないのか」と〈わたし〉は思う。

　物語の中で〈わたし〉は一貫して、性に従事する女性の名乗り、いわゆる源氏名で呼ばれ続ける。本当の名前は故郷と〈わたし〉を結ぶものだから決して口にはしないのである。ある場面において親切にしてもらった下士官から本名を教えてくれと頼まれるが、応じない。「大事な本当の名前を明か」すことは「心まで差し出」すことだからだ。男たちは「すべてを搾り取」ろうというのか。男の暴力による収奪こそが本書の主題である。言語とそれにつながる思い出、自身が人間であることの証明である名前など、絶対に手放せないものまで男たちは奪おうとするということが描かれる。〈わたし〉の痛みを描くために作者は小説構造にも仕掛けを施している。現在のパートだ。ここで視点人物となる〈私〉は「三十路の私の冴えない人生も、小説家になれば特別なものに変わるはずだ」と考える女性である。小説新人賞の最終候補にまで残りながら、そこを突破できずにいる〈私〉はK－POPアイドルが政治的なメッセージがプリントされたトレーナーを着ていたためにネットで炎上騒動に巻き込まれた事件から、従軍慰安婦問題に関心を持ち、自分の手でそれを小説として世に問おうと考える。

「書こう。書くしかない。書くべき物語だ」と決断し、関連書籍を取り寄せて読むだけではなく、慰安所が設けられた沖縄まで足を運ぶ。第一章で現在の沖縄が描かれ、それが第二章の〈わたし〉の物語に重ね合わされていくのである。〈私〉と〈わたし〉の記述が交互に行われることにより、現代の読者が過去へ旅することが可能になる。〈私〉は無邪気な同情者である。「女性たちの部屋」の存在を目の当たりにして〈私〉は「なんてかわいそうな境遇だったのだろうか」「こんな穴の中に、閉じ込められていたなんて」と考えるが、第二章を読めば〈わたし〉の境遇は〈私〉の想像を遥かに超えたものであったことがわかる。穴に閉じ込められるどころではない。穴にされていたのだ。また、慰安所のあった阿嘉島で星空を見た〈私〉は、女たちが「辛い生活の中、空を見上げて心が癒されていたならいいな」と願うが、〈わたし〉にとっての美しい風景がどのようなものであったかは先述した通りである。〈私〉の理解はすべて表層的だ。彼女は視点人物として読者を代表しているわけであり、この薄っぺらさは読者がいかに本当の痛みを知らずにいるかということを自覚させるための、物語の装置なのである。

〈私〉にとって慰安婦は希望でもある。「この島の痛みをなんとか伝えたい」と〈私〉は願うが、それは「そんな小説が書けたなら、私の人生も開けるはずだ」からである。身も蓋もない言い方をすれば、〈わたし〉の人生を利用することによって〈私〉は人生を開こうとしているのである。物語の基底に創作者の当事者性という問題がある。

小説を書くという行為は誰かの人生に踏み込むということにつながる。当事者以外にそれが許されるのか、という問いが二〇一〇年代以降頻繁に議論されるようになってきた。無自覚のうちに〈私〉はその中に足を踏み入れてしまうことになる。物語の初めから〈私〉の迂闊さは明示されており、問題が浮上する瞬間を読者は待ち受けながらページをめくり続けることになる。他人の痛みに鈍感であることの罪を、そうした形で作者は書いているのである。〈私〉はおそらく深沢潮の分身であろうし、普遍化された読者の姿と言うこともできる。この構造があるためにどんな読者も、〈わたし〉の痛みをあなたは想像できますか、という問いからは逃れることができない。

男が女の尊厳を奪うという罪の構造が第一にある。それを書くという行為を通じて、誰かの人生は他の者に利用されていいものではないという、もう一つの主題を深沢は浮かび上がらせた。二つの主題は別々の位相にあり、決して混同していいものではない。そのいずれを考えるにあたっても、まず第一に思いを馳せるべきことは中心にある〈わたし〉の痛みだ。痛みの物語として深沢はこの小説を書いた。

深沢潮のデビュー作は、二〇一二年に第十一回女による女のためのR‐18文学賞大賞を獲得した「金江のおばさん」である。お見合いのとりまとめをする女性を主人公とするこの物語は、結婚という制度に縛られる女性のありようを浮かび上がらせると同時に、南北に分断された民族出自を持つ、在日二世の現在と心性を粉飾のない言葉で描いた。同作を収録した『ハンサラン　愛する人びと』（二〇一三年、新潮社→『縁を結うひと』と改題し、現在、新潮文庫）が最初の著作である。

同作のみならず深沢は、折に触れて自身の民族的出自を直視した作品を著している。『ひとかどの父へ』（二〇一五年。現・朝日文庫）、『海を抱いて月に眠る』（二〇一八年。現・文春文庫）といった作品は、在日である父の人生を娘が知ることによって家族のたどってきた道筋が露（あら）わにされていく物語、『緑と赤』（二〇一五年。現・小学館文庫）は、在日韓国人であることを親から聞かされてはいたものの、面倒くさいことには注意を払わずに生きてきた大学生の知英（ちえ）が、パスポート取得を機に二つの国を巡る状況や、その中で渦巻く憎悪などの感情を知っていくことが縦筋になっている。緑と赤は、それぞれ大韓民国と日本のパスポートの色を示しているのだ。日本と朝鮮半島との政治的関係を軸として書かれた『李の花は散っても』（二〇二三年。朝日新聞出版）という、正攻法の歴史小説もある。

　同時に深沢は、女性に強制される不公平な状況や、歪（ゆが）みが社会の中で最も弱い立場にいる人を苦しめていくという構造的差別を進んで題材にする作家でもある。女性にとって結婚とは何かを描いた『伴侶の偏差値』（二〇一四年。現・小学館文庫）、母親という肩書で生きることを第一にせざるを得ない女性たちの物語『ランチに行きましょう』（二〇一四年。現・徳間文庫）や『ママたちの下剋上』（二〇一六年。小学館）、母性神話そのものを題材とした『乳房のくにで』（二〇二〇年。現・双葉文庫）という作品もある。この国で女性が生きるというのはどういうことなのか、という問いかけが常に深沢作品には存在する。

　そうした作者が、国家によって性奉仕を強制された従軍慰安婦の問題を主題としたのは当然の帰結で、おそらくは作中の〈私〉こと河合葉奈（かわいはな）のように、長年温めていたものなのだろう。作中人物と作者を同一視するのは危険だが、第九章の末尾に記された「私」のモノローグには、深沢自身の言葉が滲みだしているように感じる。先に書いたように〈わたし〉は徹頭徹尾自分の名前を口にしようとせず、心の奥にしまい続ける。その思いに〈わたし〉が決着をつけるのが最後の第十章だ。『翡翠色の海へうたう』という物語はそこで見事に完結する。ページを閉じ、本を置くとき、読者の脳裏には静かな海の情景が浮かんでくるはずだ。ぜひ、記憶に留めてもらいたい。その海を思い出すとき、あなたの胸には〈わたし〉の痛みがさざなみのように広がっていくことだろう。

本書は、二〇二一年八月に小社より刊行された
単行本を文庫化したものです。

翡翠色の海へうたう

深沢 潮

令和6年 7月25日 初版発行

発行者●山下直久

発行●株式会社KADOKAWA
〒102-8177 東京都千代田区富士見2-13-3
電話 0570-002-301(ナビダイヤル)

角川文庫 24240

印刷所●株式会社暁印刷
製本所●本間製本株式会社

表紙画●和田三造

ISBN 978-4-04-115157-0 C0193

JASRAC 出 2404246-401 ◇◇◇

角川文庫発刊に際して

角川源義

第二次世界大戦の敗北は、軍事力の敗北であった以上に、私たちの若い文化力の敗退であった。私たちの文化が戦争に対して如何に無力であり、単なるあだ花に過ぎなかったかを、私たちは身を以て体験し痛感した。西洋近代文化の摂取にとって、明治以後八十年の歳月は決して短かすぎたとは言えない。にもかかわらず、近代文化の伝統を確立し、自由な批判と柔軟な良識に富む文化層として自らを形成することに私たちは失敗して来た。そしてこれは、各層への文化の普及滲透を任務とする出版人の責任でもあった。

一九四五年以来、私たちは再び振出しに戻り、第一歩から踏み出すことを余儀なくされた。これは大きな不幸ではあるが、反面、これまでの混沌・未熟・歪曲の中にあった我が国の文化に秩序と確たる基礎を齎らすためには絶好の機会でもある。角川書店は、このような祖国の文化的危機にあたり、微力をも顧みず再建の礎石たるべき抱負と決意とをもって出発したが、ここに創立以来の念願を果すべく角川文庫を発刊する。これまで刊行されたあらゆる全集叢書文庫類の長所と短所とを検討し、古今東西の不朽の典籍を、良心的編集のもとに、廉価に、そして書架にふさわしい美本として、多くのひとびとに提供しようとする。しかし私たちは徒らに百科全書的な知識のジレッタントを作ることを目的とせず、あくまで祖国の文化に秩序と再建への道を示し、この文庫を角川書店の栄ある事業として、今後永久に継続発展せしめ、学芸と教養との殿堂として大成せんことを期したい。多くの読書子の愛情ある忠言と支持とによって、この希望と抱負とを完遂せしめられんことを願う。

一九四九年五月三日

角川文庫ベストセラー

愛情生活
荒木陽子

「彼は私の中に眠っていた、私が大好きな私、を掘り起してくれた」。天才写真家、荒木経惟の妻、陽子。クレージーで淋しがりで繊細な二人の、センチメンタルな愛の日々を綴るエッセイ。解説・江國香織

不在
彩瀬まる

父の遺言に従い、実家を相続した明日香。遺された家財道具を整理するうち、仕事はぎくしゃくし始め、恋人ともすれ違い――？　すべてをうしなった世界で、人はどう生きるのか。気鋭の作家が愛の呪縛に挑む。

君たちは今が世界（すべて）
朝比奈あすか

6年3組の調理実習中に起きた洗剤混入事件。犯人が名乗りでない中、担任の幾田先生はクラスを見回してこう告げた。「皆さんは、大した大人にはなれない」先生の残酷な言葉が、教室に波紋を呼んで……。

明日の僕に風が吹く
乾ルカ

中学時代のトラウマで引きこもり生活を続けていた有人は、憧れの叔父の勧めで離島の高校へ入学する。東京とは全てが違う環境の中、4人の級友に出会い……。一歩を踏み出す勇気をもらえる、感動の青春小説！

聖（さとし）の青春
大崎善生

重い腎臓病を抱えつつ将棋界に入門、名人を目指し最高峰リーグ「A級」で奮闘のさなか生涯を終えた天才棋士、村山聖。名人への夢に手をかけ、果たせず倒れた〝怪童〟の人生を描く。第13回新潮学芸賞受賞。

角川文庫ベストセラー

昭和二十年夏、僕は兵士だった　梯　久美子

俳人・金子兜太、考古学者・大塚初重、俳優・三國連太郎、漫画家・水木しげる、建築家・池田武邦。戦場で青春を送り、あの戦争を生き抜いてきた5人の著名人の苦悩と慟哭の記憶。

昭和二十年夏、女たちの戦争　梯　久美子

近藤富枝、吉沢久子、赤木春恵、緒方貞子、吉武輝子。太平洋戦争中に青春時代を送った5人の女性たち。それは悲惨な中にも輝く青春の日々だった。あの戦争の証言を聞くシリーズ第2弾。

昭和二十年夏、子供たちが見た戦争　梯　久美子

あの戦争で子供たちは何を見て、生き抜いていったのか。角野栄子、児玉清、舘野泉、辻村寿三郎、梁石日、福原義春、中村メイコ、山田洋次、倉本聰、五木寛之が語る戦時中の思い出、そしてその後の人生軌跡。

緑の毒　桐野夏生

妻あり子なし、39歳、開業医。趣味、ヴィンテージ・スニーカー。連続レイプ犯。水曜の夜ごと川辺は暗い衝動に突き動かされる。救急救命医と浮気する妻に対する嫉妬。邪悪な心が、無関心に付け込む時——。

水やりはいつも深夜だけど　窪　美澄

思い通りにならない毎日、言葉にできない本音。それでも、一緒に歩んでいく……だって、家族だから。もがきながらも前を向いて生きる姿を描いた、魂ゆさぶる6つの物語。対談「加藤シゲアキ×窪美澄」巻末収録。

角川文庫ベストセラー

いるいないみらい　窪　美澄

いつかは欲しい、でもいつなのかわからない……夫婦生活に満足していた知佳。しかし妹の出産を機に、夫に変化が――（「1DKとメロンパン」）。毎日を懸命に生きる全ての人へ、手を差し伸べてくれる5つの物語。

荒城に白百合ありて　須賀しのぶ

薩摩藩士の岡元伊織は安政の大地震の際に、燃え盛る江戸の町をひとりさまよい歩く、美しい少女・鏡子と出会う。魂から惹かれあう2人だが、幕末という「世界の終わり」は着実に近づいていて――。

からまる　千早　茜

生きる目的を見出せない公務員の男、不慮の妊娠に悩む女子短大生、そして、クラスで問題を起こした少年……。注目の島清恋愛文学賞作家が〝いま〟を生きる7人の男女を美しく艶やかに描いた、7つの連作集。

眠りの庭　千早　茜

白い肌、長い髪、そして細い身体。彼女に関わる男たちは、みないつのまにか魅了されていく。そしてやがて明らかになる彼女に隠された真実。2つの物語がひとつにつながったとき、衝撃の真実が浮かび上がる。

夜に啼く鳥は　千早　茜

少女のような外見で150年以上生き続ける、不老不死の一族の末裔・御先。現代の都会に紛れ込んだ御先は、縁のあるものたちに寄り添いながら、かつて愛した人の影を追い続けていた。

角川文庫ベストセラー

男役　中山可穂

男役トップになってすぐに事故死して以来、宝塚の守護神として語り継がれてきたファントムさん。一方、新人公演で大抜擢されたひかるを待ち受ける試練とは？　愛と運命の業を描く中山可穂版・オペラ座の怪人！

娘役　中山可穂

宝塚の娘役と、ひそかに彼女を見守り続ける宝塚ファンのヤクザの組長。決して交わるはずのない二人の人生が一瞬、静かに交差する――。『男役』に続く、好評の宝塚シリーズ第二弾。

銀橋　中山可穂

キザればキザるほど、生きる力が湧いてくる。萌えれば萌えるほど、人生は楽しくなる――。愛と青春の宝塚シリーズ第3弾！　解説・早花まこ（元宝塚歌劇団雪組娘役）

ミカドの淑女（おんな）　林　真理子

その歌の才により皇后の寵愛を受け、「歌子」と名付けられた女官がいた。しかしその後、女は〝妖婦〟と新聞で取り上げられる。明治の宮廷を襲った一大スキャンダルの真相を暴く、林真理子最初の歴史小説。

ロマンス小説の七日間　三浦しをん

海外ロマンス小説の翻訳を生業とするあかりは、現実にはさえない彼氏と半同棲中の27歳。そんな中ヒストリカル・ロマンス小説の翻訳を引き受ける。最初は内容と現実とのギャップにめまいものだったが……。

角川文庫ベストセラー